Franz Reisecker

Musik
und andere Geräusche

Alle im Roman vorkommenden Charaktere sind frei erfunden, zusammengesetzt aus Eigenschaften verschiedener Menschen, die dem Autor im Laufe der Zeit begegnet sind. Ähnlichkeiten mit lebenden Personen sind daher rein zufällig. Auch die hier geschilderten Vorgänge haben niemals in dieser Form stattgefunden.

1 | **Hingestellt**

Hilde sah Liz Taylor ein wenig ähnlich. Die Zwanzigjährige war als Reinigungskraft in der Schifabrik beschäftigt. Ausdauernd hatte sich Walter um Hilde bemüht, immer wieder Einladungen ausgesprochen und nach längerem Abwägen begleitete sie den Betriebselektriker ins Kino. Der Monumentalfilm *Cleopatra* wurde gezeigt. Sie wäre mindestens so schön wie Liz Taylor, sagte Walter zu Hilde, als er den aufgemalten Schönheitspunkt auf ihrer Wange bemerkte. „Danke", sagte Hilde und lächelte kurz. „Von Richard Burton bist du leider weit entfernt", dachte sie und blieb kurz stehen.
Ein paar Monate später setzte die Monatsblutung aus und Walter hielt um Hildes Hand an. Ein Mädchen kam zur Welt. Die Diagnose Lungenentzündung kam zu spät, das Neugeborene überlebte kein Jahr. Mit „Man muss nach vorne schauen, denn hinten sind nur die Toten", versuchte Walter, Hilde zu beruhigen. Sie wurde erneut schwanger. „Dieses Kind ist gesund, denn sonst könnte es nicht so schreien", kommentierten die Eltern erleichtert den lauten Protest ihres Sohnes während der Taufe. Das Kind bekam denselben Vornamen wie der Vater. Walter. Walter Gump.

Am nördlichen Rand der Bezirkshauptstadt waren nach Kriegsende dreißig Häuser und vier Holzbaracken gebaut worden. In einem dieser kalkweißen Häuschen wohnten in der Dachkammer das Ehepaar Gump mit seinem neugeborenen Sohn und im Erdgeschoß die Großeltern väterlicherseits. Diese kümmerten sich tagsüber um den Enkel, denn die Mutter wollte kurz nach der Niederkunft lieber wieder in der Fabrik arbeiten, als in der engen Dachkammer herumsitzen und vollgeschissene Windeln auskochen.
Hildes Mann stürmte die Treppe nach oben, riss die Tür auf und sagte, während er zuerst den Daumen, dann den Zeigefinger nach oben reckte:

„Woan foa se money, tu foa sa show, oda so! Haha, Kreditwürdiger i. Nexds Monat geht's los!"
„Wird eh Zeit ...", meinte Hilde und zog kräftig an der Zigarette. Nach dem erfolgreichen Besuch auf der Sparkasse konnte endlich starten, was seit Langem geplant war: Haus aufstocken. Platz für ein Wohnzimmer mit Wohnlandschaft und Einbauschrank. Ein Schlafzimmer mit Doppelbett. Eine Küche mit Gasherd und ein Kinderzimmer mit lustigen Tapeten. Zentralheizung, vollautomatische Waschmaschine und Fernseher auch.
Wird sich alles ausgehen!
Wirtschaftswunder!
Nix mehr kleinklein und im Winter frieren!

Die Schifabrik am Stadtrand wucherte in die Felder. Die Maschinen der holzverarbeitenden Industrie und jene der Stahlindustrie liefen auf Hochtouren. Immer mehr Autos brummten über frisch asphaltierte Landstraßen. Küttl, der Nachbar nebenan, hatte auch schon eines. Einen hellblauen Käfer. Im deutschen Nachbarland strahlten ZDF und ARD erste Sendungen aus. Elvis ging nach Hollywood.
Three to get ready - go cat go!

Anna Gump saß auf der Sonnenbank und beobachtete, wie ihr jüngster Sohn, der neuerdings einen Backenbart trug, und ihr Mann Ziegel im Garten stapelten. Auf ihrem Schoss hockte Enkel Walti und knabberte ein Keks. Wie allen Kindern - 14x war sie schwanger gewesen, sieben hatten überlebt - begegnete die Gump-Oma auch diesem Kind mit bedingungsloser Liebe.
Seit ihr Mann Johann Ende der vierziger Jahre aus der Kriegsgefangenschaft zurückgekehrt war, bewohnten die Gumps das Siedlungshaus. Nun waren die Kinder alle weg, nur der 25-jährige Walter war geblieben. Seine sechs Geschwister verstreuten sich in alle Himmelsrichtungen. „Ist es denn überall besser als im Umviertel?", fragte sich Anna, die nie über die Grenzen Österreichs hinausgekommen war.

Amerika fand Walter schon sehr verlockend, als sich die anderen auf den Weg machten, aber er wusste nicht so recht, wie das gehen sollte mit dem Auswandern. Und so steckte er Energie und Geld in den Ausbau des Hauses. Der Job in der Schifabrik gab Sicherheit.
Er nahm seinen Sohn, warf ihn in die Luft und sagte: „So hoch wird's Haus!"
Johann saß neben seiner Frau, rauchte eine selbst gedrehte Zigarette und fuhr sich mit der anderen Hand über seine Glatze. Während des Krieges waren ihm alle Haare ausgefallen. Es hätte schlimmer kommen können, dachte er sich und blies Rauch Richtung wolkenlosen Himmel. Er und seine Frau hatten zwei Weltkriege überlebt, und Anna noch dazu 14 Schwangerschaften. Während des Zweiten Weltkrieges hauste sie mit der Kinderschar in einem umgebauten Heustadel und lebte vom Erbettelten. Sieben starben wegen Krankheiten und Unfällen. Dann hatten einflussreiche Bezirkspolitiker ein Einsehen und die Gumps bekamen eins der Siedlungshäuser zugeteilt.
Verkalkung hatte der Doktor bei Anna festgestellt, als sie immer öfter ihre toten Kinder mit den Überlebenden verwechselte. Sie vergaß immer mehr, Ehegatte Johann erledigte alles: Wäsche, Aufräumen, Kochen. Sogar der Garten war sein Revier. Drei Obstbäume hatte er angepflanzt, ein Gemüsebeet angelegt. Aus den Stockbetten der Kinder bastelte er eine Voliere und einen Hasenstall. Für Fleischhasen und eine Singvogelzucht. Das Pensionsgeld war nicht üppig, und wenn er nichts zu tun hatte, wurde er grantig. Die Aufstockung des Hauses fand er unnötig, half aber trotzdem mit.
Hildes Mutter Maria - genannt Mizzi - wohnte mit ihrem langjährigen Lebensgefährten Hans 30 Kilometer entfernt in einem Dorf direkt am Inn. Die Inn-Oma war leicht reizbar. Nur Enkel Walti gegenüber war sie nett, auf ihre Art: Gerne erzählte sie ihm die Geschichte vom Hunds-Hansl, dem Hundenarren und Knecht, der einen Bauern mit Arsen vergiftet hatte und zum Tod durch den Strang verurteilt wor-

den war. Der stattliche Hansl verliebte sich ausgerechnet in die Magd, die regelmäßig in der Kammer des Bauern verschwand. Ganz still sei es gewesen, als der Hunds-Hansl zappelnd am Seil hing, erzählte die Oma und ließ am Ende der Geschichte die Zunge raushängen.
Mizzi hatte zwei Töchter, von verschiedenen Männern. Hilde, die jüngere, war das Ergebnis einer Affäre mit einem Wehrmachtssoldaten. Der Soldat verschwand spurlos. Nach dem Krieg angelte sich Mizzi Hans, weil der stets behauptete, der *Hans im Glück* zu sein. Er schaffte es, Mizzis Laune zu verbessern. Über die Jahre ging ihm allerdings die Energie aus. Hans wurde schwerhörig. Mizzi störte das nicht weiter, denn immerhin wurde er nie gewalttätig.
Wenn sich die Inn-Oma auf den Weg machte, um Hilde zu besuchen (die andere Tochter wohnte mittlerweile in Deutschland), fuhr Hans nur selten mit. Allein zu Hause drehte er sein Hörgerät auf größtmögliche Lautstärke und genoss das beruhigende Rauschen. Ein anderer Grund, warum Hans ungern mitfuhr: Im Siedlungshaus war nur die Anna freundlich zu ihm. Die verwechselte ihn aber immer öfter mit einem Nachbarn. Johann nannte ihn abfällig „Banater Hans".

Klein-Walter wuchs heran. Die Probleme der Alten waren nicht seine. Alle lächelten, wenn sie ihn sahen. Nur im Kindergarten stand er vor einem Rätsel: Er war nicht bei allem der Erste. Hilde malte sich seit Längerem wieder einen schwarzen Punkt auf die Wange.
Lauer Sommerabend. Der Fünfjährige wacht auf, weil Mutter und Vater heftig streiten. Sie schluchzt und er presst wütend knappe Sätze aus sich heraus. Walter steht auf und findet seine Eltern im Bad. Der Vater sitzt auf dem Rand der Badewanne, die Mutter kauert am Boden neben der Waschmaschine.
„Nichts, geh wieder ins Bett!", knurrt der Vater, nachdem der Sohn gefragt hatte, was sie da machen.
Kurze Zeit später erklärten Walters Eltern, dass er ein Ge-

schwisterchen bekommen werde. Der Bauch der Mutter wuchs über die folgenden Monate. „Bevor der Bauch platzt, müssen wir ins Krankenhaus", erklärte der Vater. Er meinte es scheinbar witzig, denn er versuchte zu lächeln. Zwei Tage später brachten sie ein Baby nach Hause, das Max genannt wurde.
Die zweifache Mutter rauchte nun Kette. Ihr Mann hatte sich den Backenbart abrasiert und redete immer weniger. Nur kurze giftige Sätze zischten durch die Zähne des zusammengepressten Mundes. Hilde begann, ihren ältesten Sohn zu schlagen.

In der Volksschule gefiel es Walter. Die Lehrerin hatte eine ähnlich friedfertige Ausstrahlung wie die Gump-Oma. An manchen Tagen schaute sie minutenlang aus dem Fenster, ohne etwas zu sagen. Zu sehen war da nichts außer der Wand des gegenüberliegenden Gebäudes. Die Schulkinder kicherten, wenn die Lehrerin wieder einmal minutenlang die Hausmauer anglotzte. Walter verließ als Letzter das Schulgebäude. Der Heimweg führte am Friedhof vorbei. Von seiner verstorbenen Schwester wusste Walter noch nichts. Er saß im Schatten der hohen Fichten und fütterte zufrieden gurrende Tauben mit den Jausenresten.
„Warum haben die Eltern, seit Baby Max auf der Welt ist, so schlechte Laune?", fragte er sich und zögerte täglich die Heimkehr hinaus.
Wenn er sich dann doch dem Elternhaus näherte, verengte sich sein Brustkorb. Die schlechte Laune der Bewohner war sogar von außen spürbar. Der Bub hatte eine Art Stimmungsradar entwickelt, um die Grundstimmung der Hausbewohner aus sicherer Entfernung einschätzen zu können. Wenn deren üble Laune einen gewissen Wert überstieg, verzog er sich zu den Großeltern.
Es war nicht so sehr der physische Schmerz der Schläge. Die glühende Wut der Mutter und ihre gleichzeitige Eiseskälte rüttelten am Grundvertrauen. Sein Vater strafte ihn wie alle anderen durch Nichtbeachtung. Am Rand von Walters

Blickfeld entstand ein permanenter Schatten. So, als würde etwas sehr Großes hinter dem Buben lauern. Wenn er sich umdrehte, war da aber nichts. Der Schatten drehte sich mit. Wenn das Stimmungsradar Alarm schlug, vergrößerte sich der Schatten und es fing an, in den Ohren zu rauschen. Walter summte Melodien, denn es war ihm aufgefallen, dass dies eine angenehme Wirkung hat. Mittels Spielzeugklavier, das über zwei Oktaven verfügte, probierte er, Klaviertöne und Gesumme in Einklang zu bringen. Wenn es gelang, erwärmte sich der Körper.

Nach der Hausaufstockung begann Gump Senior mit dem Garagenanbau. Nach Fertigstellung verbrachte er viel Zeit darin und blätterte die Autobroschüren verschiedener Hersteller durch, während Hilde sich im bunt tapezierten Obergeschoss bemitleidete.
Der Mann kaum da und wenn, dann nicht zu ertragen.
Die Kinder nervig, undankbar und immer im Weg.
Und jetzt will er noch eins? Eh schon keine Zeit für nichts!
„Wennst dir von einem Fremden eins machen hast lassen, dann werd ich dir auch noch eins machen!", hatte er mehrmals angedroht.

Laut, dreckig, mit Abschürfungen an Knien und Armen verschwanden die Siedlungskinder hinter Hausecken und tauchten plötzlich ganz woanders wieder auf. Manchmal bog Walter ab und rannte über die große Wiese bis zum Bauernhof, um sich am Heuboden zu vergraben. Wenn der rotgesichtige Bauer und die stämmige Bäuerin auf dem Feld arbeiteten, legte sich Walter auf den Heuberg und beobachtete Schwalben, die lautlos zu ihren Nestern sausten. Ein Tier müsste man sein. Eines, das fliegen kann.

Südlich, Richtung Stadt wurde die Siedlung vom Lagerplatz einer Eisenwaren-Großhandlung begrenzt. Die blau lackierten Lagerhallen des *Eisernen Wagners* standen entlang der Eisenbahnschienen der Umviertler Hauptstrecke. Zwischen der Eisenwaren-Großhandlung und der Bahnstrecke schlängelte sich ein schmaler Schotterweg, der am Friedhof und an der Volksschule vorbei in die Stadt hineinführte. Da, wo die Sonne den ganzen Nachmittag über stand. Am südlichen Stadtrand befand sich das Schwimmbad. Seit dem erfolgreich absolvierten Schwimmkurs durfte er allein ins Bad. Mit dem Rad durchquerte Walter die Stadt, dann den Stadtpark. Die Unterführung der Zugstrecke Richtung Attnang-Puchheim war das Tor zum Sommerspaß Nummer eins. Nach Passieren des Tunnels hörte man die vor Vergnügen quietschenden Kinder und es roch verlockend nach Chlor.

In Walters Zimmer stand ein Radioapparat. Ein Geschenk vom Opa. Der hatte sich einen neuen gekauft. Einen mit Batterie, wie er stolz erklärte. Mitten auf der Vorderfront des großen Apparates aus Holz, Glas und dem geheimnisvollen Innenleben schimmerte ein grünes Licht. Es änderte je nach Sendereinstellung seine Helligkeit. Auf Mittelwelle oder Langwelle gab es Musik, Stimmen und Geräusche gleichzeitig zu hören. „Signale aus der großen weiten Welt", sagte der Opa. Aus London, Luxemburg, Hilversum, Monte Carlo, Paris. Die Namen dieser Städte standen auf der Glasfront. Die Rückwand hatte Löcher. Aus denen strömte die von glühenden Röhren erwärmte Luft. Wie weit hinter dem Schwimmbad Paris ist, fragte sich Walter. Über 1.000 km. Laut Tacho war die Strecke bis zum Eingang des Schwimmbades einen Kilometer lang. Also war Paris mindestens tausendmal weiter weg. Aber nicht Richtung Süden, sondern Richtung Westen. Da wo der Wind herkommt. Da müsste man schon mit dem Auto fahren oder noch besser mit einem Flugzeug fliegen.

Kurz vor Beginn der Sommerferien standen Entfernungen am Schulprogramm. Die Mondlandung der Amerikaner war seit geraumer Zeit das Thema, Entfernung: 384.000 Kilometer. Dafür braucht man eine Rakete.

Kurz vor der Mondlandung hatte Walters Vater endlich einen Fernsehapparat erworben: *Mondlandungs-Sonderangebot* des hiesigen Elektrohändlers. Völlig überraschend für Walter Junior gab es beim gemeinsamen Fernsehen unbeschwerte, fast fröhliche Stimmung. Der Vater sprang während eines Filmes von der Couch hoch, schnitt Grimassen und führte wilde Tänze auf oder spielte Szenen und Begebenheiten nach. Während der ZDF-Hitparade tat er manchmal so, als würde er in ein Mikrofon singen. Sportübertragungen waren auch beliebt. Vor allem Schifahren. Mitfiebern, ob es jemand mit einem Schi aus der Fabrik aufs Podium schafft. Zusätzlich zu den beiden Sendern des Österreichischen Rundfunks konnten die grenznahen Oberösterreicher ZDF, ARD und bayrisches Fernsehen empfangen. Immer mehr Antennen steckten wie riesige Fischgräten in den Dächern. Walters Lieblingssendung gleich nach der Mondlandung: die ZDF-Hitparade. Die Sänger und Sängerinnen trugen fantasievolle Frisuren, hatten auffallend gute Laune und teilweise schöne weiße Zähne. Die tragen fast alle Perücke, stellte Hilde fest. Ihrem Mann zupfte sie die ersten grauen Haare aus. Er ließ es geschehen, deutete es als Zuneigung.

Zuerst Badewanne, dann Hitparade und Familienshow. Hilde liebte es, während des Fernsehens mit Wattestäbchen in den Ohren ihrer Kinder herumzustochern. Walter verweigerte. Erstens hörte er dann nichts, und seinen Kopf auf die Oberschenkel der Mutter legen wollte er sowieso nicht. Jeglichen Hautkontakt versuchte er zu vermeiden. In den Ohren des Bruders bohrte sie umso ausführlicher herum. Walter beobachtete das mit Unbehagen. Bruder Max wurde selten bestraft, obwohl er manchmal ins Bett schiss.

Auf dem Fernseher stand ein Schiffchen mit vielen kleinen bunten Lichtern. Ein Onkel hatte es aus Bibione (Entfernung 500 km) mitgebracht. Bei Oma und Opa stand auch eines auf dem TV-Apparat und darüber hing der Gekreuzigte. Opa zuckte regelmäßig aus, wenn er Männer mit langen Haaren im Fernsehen sah. Er deutete dann auf den Gekreuzigten

und sagte, das wäre die Strafe, wenn man sich nicht wäscht und nicht arbeiten geht.
Sonntagvormittag mussten die Gump-Brüder in die Kirche. Einen Mann anbeten, der seinen Sohn kreuzigen lässt, nur weil der sich nicht wäscht und nicht arbeiten geht? Was für seltsame Menschen. Das Beste an der Veranstaltung namens Gottesdienst war die Orgelmusik am Schluss. Die Lautstärke war beeindruckend.
„Durch unsere Schuld, durch unsere Schuld, durch unsere große Schuld", murmelte Walter am Heimweg und boxte Max, bis dieser zu weinen begann.
Sonntagmittag gab es Schweinsschnitzel mit Reis oder Rostbraten mit Erdäpfeln, nachmittags TV oder Sonntagsausflüge. Neuerdings mit dem Auto. Statt dem bevorzugten *Käfer* hatte sich das Familienoberhaupt dann doch für einen *R4* entschieden. „Mit dem fahren wir bis nach Bibione", versprach er.

„Mei Schwesta hod an Ami gheirat!", sagte Hilde und erklärte, dass der in Deutschland stationierte US-Soldat zurück nach Amerika müsse, die feine Frau Schwester natürlich mitgehen würde und die beiden auf einen Abschiedsbesuch kämen.
Ein weißer Buick tuckerte um die Ecke. Tante und Onkel stiegen aus der Limousine und grinsten breiter als die Schlagersänger im Fernseher. Walter bekam Gänsehaut. Dieses Auto war fast zweimal so groß wie der R4. Gleich am ersten Tag ging Walter mit Onkel Ben zum Hochhauser, dem Lebensmittelgeschäft, das sich mitten in der Siedlung befand. Von allem, was Walter wollte, nahm Ben die Familienpackung.
„Fenk ju!", sagte Walter, als sie mit vollen Sackerln das Geschäft verließen.
„Think big, Wolter!", brummte der Mann mit der GI-Frisur. Der Buick war mit roten Ledersitzen und einem Autoradio ausgestattet. Nach einem neuerlichen Großeinkauf saßen „little Wolter", sein Vater und Onkel Ben in der Limousine, hörten Musik und tranken Cola.

„Limo in the Limo", sang der Onkel und ließ den Motor beben. Einige Siedlungskinder standen vor dem Auto. Sie kreischten. Schokolade wurde verteilt. Walters Vater erzählte, dass nach dem Zweiten Weltkrieg die amerikanischen Soldaten auch Schokolade verteilt hätten. Die GIs seien überhaupt die großen Helden gewesen und als Kind habe er amerikanischer Soldat werden wollen.
Der Onkel soll lange bleiben, wünschte sich *little* Wolter, während er die zweite Packung Manner-Schnitten in sich hineinstopfte. Ben deutete auf seinen hinausgestreckten Bauch und sagte: „Some good news, Frida Frau bekommen Baby!"
Es dauerte ein wenig, bis der alte Gump „Aha... gratuliere!" sagte und kaum hörbar hinterher schob: „D' Hilde a...".
„Oh! That's good! Another little Gump! You know what Gump means in English, by the way?", sagte Ben und klopfte seinem Schwager ein paarmal auf den Rücken.
„Lass ihn in Ruhe, du bist der Depp!", sagte Tante Frida, die am Gartenzaun lehnte.
Walter blieb im Auto sitzen, bis er rausgeholt wurde.

Ein paar Tage nach der Abreise der Verwandten war es wieder so weit. Vater Gump verschwand nach lautstarker Streiterei in der Garage. Der ältere Sohn rannte, nachdem er ein paar Watschen kassiert hatte, zum Bauernhof und verkroch sich im Heu. Max schiss in die Hose und verriet es nicht. Hilde stakste wutschnaubend durch die Wohnung. „Dieses Elend! Hier mitten im Nichts! Die feine Frau Schwester demnächst in Amerika! Und ich? Noch ein stinkender unnötiger Gschrapp!"

Noch ein Bub kam zur Welt. Die zwei Brüder ignorierten das Baby weitgehend. Wenigstens schrie es kaum. Max stand gerne vor der Voliere und beobachtete die Vögel. Walter war nur mehr zum Essen und Schlafen im Haus und entfernte sich immer mehr von der Siedlung. An einem Samstagnachmittag schaffte er 15 Kilometer mit dem Rad.

Nach dem Wechsel in die Hauptschule musste er feststellen, dass die Lehrerschaft im Vergleich zur Volksschule resolut und fordernd war und manche vor körperlicher Bestrafung nicht zurückschreckten. Der Direktor unterrichtete Geschichte. Wenn er das Klassenzimmer betrat, sollten alle strammstehen, und nachdem er „Gott strafe England!" gebrüllt hatte, musste die ganze Klasse „Er strafe es!" zurückbrüllen. Nicht immer, nur wenn ihm halt gerade danach war. Nach der Schlacht in der Schule war vor der Schlacht zu Hause. Der zottelige Affe namens Angst raste durch Walters Gehirngänge, verteilte Gift und produzierte Lärm, der so groß war, dass die Außenwahrnehmung lückenhaft wurde.

Inseln aus Schwemmsand. Büsche und Bäume. Modriges Treibholz. Kalte Feuerstellen.
Walter stand am Ufer des Flusses, spürte die Sonne auf seiner Haut und brummte wie ein Bär, der gerade aus dem Winterschlaf erwacht war. Einen Teil der Sommerferien verbrachte er bei der Inn-Oma und dem Banater-Hans. Der hatte die Mizzi doch nicht verlassen, wie er immer wieder angekündigt hatte. Nach jahrzehntelanger Arbeit im Sägewerk waren beide pensioniert, bewohnten aber immer noch das Reihenhaus neben dem Sägewerk.
Ingrid, die Tochter von Omas Nachbarin, mochte Walter und miaute, wenn er brummte. Oder sie schnupperte an seinem Haar, wenn er es zuließ. Die Burschen der Sägewerksiedlung mochten Walter nicht. „Wie lange bleibst du noch bei deiner Oma?", fragten sie. Und drohten ihm mit extra finsteren Mienen, dass er nächstes Jahr gar nicht mehr kommen brauche.
Mit zusammengekniffenen Augen baute sich einer von ihnen vor Walter auf und gab ihm eine satte Watschen. Als Ingrid erfuhr, dass Walter geschlagen worden war, wollte sie ihn trösten und setzte zu ihrem Katzenschauspiel an. Er schubste sie weg.

„Ich muss mich gegen diese neidigen Arschlöcher wehren!", feuerte Walter sich selbst an, als er, zurück im Umviertel, während eines Waldspazierganges mit herumliegenden Ästen auf Bäume eindrosch. Sein zweiter Kampfheld neben Mohammed Ali hieß Bruce Lee. Walter bastelte sich ein Nunchaku. Fast jeder seiner Freunde schleppte zwei mit einer Kette verbundene Holzprügel mit sich herum. Stundenlang übte er mit dem neuen Kampfsportgerät.

Merkwürdiger Eigengeruch. Bartflaum. Erste Schamhaare. Größte Entfernung von zu Hause: 75 km. Zugreise mit der Inn-Oma nach Linz.
Das Röhrenradio war zu Weihnachten durch einen Radio-Rekorder mit Batteriebetrieb ersetzt worden. Der aktuelle Mitschnitt auf Kassette:
Albert West / *Tell Laura I Love Her*
Terry Jacks / *Seasons In The Sun*
Albert West / *Sheila*
The Rubettes / *Sugar Baby Love*
Gunter Gabriel / *Hey Boss, ich brauch' mehr Geld*
Waterloo & Robinson/ *Hollywood*
George McCrae / *Rock Your Baby*
Ike & Tina Turner / *Nutbush City Limits*

Walter Gump sang mit George McCrae:
Woman, take me in your arms. Rock me, baby!
Sein Penis füllte sich mit Blut. In der Bravo waren wieder Fotos von halbnackten Mädchen. Entfernung: unendlich. Heftige Erregung. Milchige Flüssigkeit. Da ihm niemand verraten hatte, dass man die Vorhaut zurückziehen kann, war er erstaunt bis entsetzt, was da zum Vorschein kam, als es das erste Mal so richtig klappte.

Mutter Gump kam mit ihrem Jüngsten, der Stoffel genannt wurde, auf dem Arm in Walters Zimmer und keifte: „Ziag di au, d' Inn-Oma is glei do."
Gemeinsamer Besuch des Vergnügungsparks der alljähr-

lich stattfindenden Landwirtschaftsmesse stand auf dem Plan. Riesenrad, Autodrom, Go-Kart, Geisterbahn. Walter hatte über 30 Schilling gespart. Davon hatte er zehn einem Freund für Autodrom-Chips geborgt und das restliche Geld schon am ersten Tag ausgegeben. Autodrom fahren. Laute Musik. Wilde Verfolgungsjagden. Kreischende Mädchen.

Er wollte diesmal nicht mit auf das Volksfest. „Hab kein Geld und keine Lust!", erklärte der Sohn seiner Mutter in einem unfreundlichen Tonfall. Hilde setzte Stoffel unsanft auf den Boden und prügelte Walter in eine Ecke seines Zimmers. Als sie von ihm abließ, wunderte sich der Sohn ob der Kürze der Attacke. Als die Mutter mit einem aus dünnen Bambusstäbchen geflochtenen Teppichklopfer zurück ins Zimmer geeilt kam, wusste er, dass dies vorher nur die Aufwärmrunde gewesen war. Hilde prügelte, bis Blut aus Walters Nase tropfte. Als sie das bemerkte, stoppte sie abrupt und verharrte sekundenlang in einer merkwürdigen Körperhaltung.

Seit längerem trieb sich Walter Gump Junior wieder einmal am Friedhof herum. Die Gump-Oma hatte ihm kürzlich von seiner toten Schwester erzählt. Auf dem Familiengrabstein stand: Birgit Gump, Juni - Dezember 1960. Massenhaft Bilder zogen am unkontrollierbaren inneren Auge vorbei. Verzerrte Gesichter. All die anstrengenden Mitmenschen. Auch dieser liebe Gott, dieser Allmächtige, kann kein Guter sein. Durch unsere Schuld, durch unsere Schuld, durch unsere große Schuld! Als Walter diese Worte durch den Kopf hallten, fing der Sänger der Rubettes mit seinem bescheuerten Gejaule an. Wenn der so allmächtig ist, wieso lässt er das alles zu? Oder ist es der Teufel, verkleidet als lieber Gott? Und jetzt fingen auch noch Waterloo & Robinson zu singen an: *Good old Hollywood is dying!* Walter stieß knurrende Laute aus, kratzte sich ein paar Wimmerl auf und warf Steine Richtung Tauben.

Wenn sich die Familienmitglieder im Haus oder im Garten begegneten, starrten sie angestrengt aneinander vorbei. Zuckten zusammen, wenn unvermutet eine Tür aufging. Aus ihren Nasen strömten giftige Dämpfe, während sie Bösartigkeiten murmelten: Diese Hure da oben. Diese stinkenden Alten da unten. Undankbare *Gfrieser*. Kaltherziger Hund. Untreues Luder.
Vater Gump beendete dieses nervenaufreibende Trauerspiel mit einem radikalen Schritt. Er warf seine Eltern aus dem Siedlungshaus. Es sei ja jetzt quasi sein Haus, weil auch seine Schulden. Der teure Ausbau. Die Zentralheizung vom Mund abgespart. Das wäre doch kein Leben. Nach dem Auszug zertrümmerte das Familienoberhaupt die Trennwand zwischen der ehemaligen Wohnküche und dem ehemaligen Schlafzimmer seiner Eltern. Ein geräumiges Wohnzimmer entstand. Auf der Wohnlandschaft sitzend verfolgte die fünfköpfige Familie wortlos die Eurovisions-Show im Samstagabendprogramm. Ein Mann blies eine Wärmflasche auf, bis sie platzte.
Hilde verdrosch auch den Jüngsten, der in die Sonderschule ging, regelmäßig. Wenn Stoffel Prügel bezog, hielt er seine Hände nie schützend vor sein Gesicht und verzog keine Miene. Sein Körper wurde von den Schlägen hin und her gebeutelt, aber kein Ton kam aus seinem Mund. Wenn sie von ihm abließ, fragte er: „Und, bist fertig?"
Den ältesten Sohn hatte sie seit der Attacke mit dem Teppichklopfer nicht mehr angerührt. Sie stieß nur mehr wilde Drohungen aus. Walter war mittlerweile gleich groß wie sie und ständig bewaffnet. Max beobachtete dieses Spektakel eher teilnahmslos. Er bekam von seinen Brüdern bei jeder Gelegenheit eine mit. Das Familienoberhaupt schlug die Buben nicht. Er war nicht da, obwohl körperlich anwesend. Er ignorierte seine Familie. Strafe muss sein.
Für Ablenkung sorgte ein Bauprojekt. Vier fünfstöckige Wohnblöcke sollten die schon morschen Holzbaracken ersetzen, die in der Mitte der Siedlung standen. Zwei Jahre dauerte die Fertigstellung. Zwei Jahre Abenteuerspielplatz.

Auf dem Schild stand die Einladung: Betreten verboten! Eltern haften für ihre Kinder!
Kurz nach Bauende tauchte Hannes auf. Er war mit seiner Familie in Block Eins eingezogen. Hannes saß regelmäßig auf den Stufen vor dem Eingang des pastellgrünen Wohnblocks. Über Wochen beobachtete Walter den Jungen, bis der sich wortlos vor ihm aufbaute. „Hallo, ich bin der Hannes", sagte er. Nun saßen beide regelmäßig auf den Stufen vor dem Eingang oder auf den Mistkübeln und klassifizierten die Mädchen der Siedlung. In einem Lager, gebaut aus Brettern und alten Decken, übernachteten sie und fantasierten sich sexuelle Handlungen mit den Favoritinnen herbei. Hannes brachte Pornohefte mit. Allzu verführerisch fanden sie die in Nahaufnahme abgebildeten weiblichen Geschlechtsorgane nicht. Im Lager roch es modrig, es war feucht.
Im Hause Gump wurde Sex nie erwähnt. Außer wenn der alte Gump Sexszenen im Fernsehen sah. Dann schimpfte er wütend vor sich hin: „Wia d'Viecha budans umanaunda! Die Drecksäue!"
Wenn sich eines der Top-Drei-Siedlungsmädchen näherte, verstummte Walter, im Gegensatz zu Hannes. In der Not erfand er Geschichten, wo er nicht schon überall seine Finger drinnen gehabt hätte. Die Ingrid von der Sägewerksiedlung wäre quasi seine Sexsklavin. Die Dringlichkeit der Jugend tropfte aus allen Poren.

Von einem Jägerstand aus glotzte Walter in die menschenleere Zone. Auf der Lichtung standen zwei Rehe. Das bevorzugte Rückzugsgebiet, wenn Hannes mal keine Zeit oder er grundsätzlich keine Lust auf die Spezies Mensch hatte. Die Natur war einfach nur da. Walter war einfach nur da. Ohne doppelten Boden. Ohne Hintergedanken. Durchlüftung.
Ein plötzlicher Angriff war nicht zu befürchten.
Niemandsland.
Innere Ruhe.
Im nächsten Leben bitte als Tier auf die Welt kommen. Fressen, wenn man Hunger hat. Schlafen, wenn man müde ist,

und rammeln wie die Hasen. Bis nichts mehr drinnen ist. Nichts mehr raus kommt. Vollkommene Leere.

Aber von einem Jäger erschossen und gehäutet werden?
Vielleicht dann doch lieber Menschenkind...
Jemand zum Angreifen...
Das fremde Geschlecht...
Hingreifen...
Angriff.

„Sie fürchtet dich! Sie fürchtet dich! Sie fürchtet dich!" Diese drei Worte flüsterte plötzlich irgendwer in Walters Ohr. Das Muttertier hatte ihn lang nicht mehr attackiert. Walter sprang vom Jägerstand, ahmte Bruce-Lee-Kampfposen nach und brüllte wie ein Affe.

Zum dreizehnten Geburtstag überreichte ihm der Vater eine akustische Gitarre. Ohne anzuklopfen betrat er Walters Zimmer, die Gitarre umgehängt. „Its nau oah newa", sagte er und brachte sich in eine Pose wie Elvis. Walter beobachtete seinen Vater teilnahmslos.
„Ois Guade! Vom Hofer. Wos dea ois vakauft!"
Walter nahm Unterricht, in der Hoffnung, bald Popsongs nachspielen zu können. Stattdessen musste er stundenlang die Noten von *Hoch auf dem gelben Wagen* und ähnliches Liedgut zupfen. Nach einem halben Jahr ließ er den Unterricht bleiben. Mit umgehängter Gitarre stand er vor Nastassja Kinskis Bravo-Poster und spielte die Noten des Smoke-On-The-Water-Riffs. Kurz nach *Reifezeugnis*, dem Tatort, in dem sie mitspielte, lächelte die Angebetete von der Bravo-Titelseite. Kinski war die beliebteste Wichsfantasie. Mehrmals täglich, und ohne dass er es kontrollieren konnte, schoss Blut in die Leibesmitte. Merkwürdig riechende milchige Flüssigkeit, begleitet von einem unglaublich angenehmen Gefühl verließ der Körperteil, der nun immer mehr Beachtung fand. Abmelken nannte Hannes den Vorgang. Viele Unterhosen landeten im Müll. Walter klaute welche beim Hofer. Feinripp. Was der alles verkauft.

Rote, grüne, gelbe im Takt blinkende Lampen. Discokugeln. Wackelnde Mädchenhüften. Ein Bass-Sound, dass die Holzverschalung schepperte. Angesäuselt vom Cola Rot schlugen sich die Burschen auf ihre Oberschenkel. Die jungen Frauen tanzten den *Lady Bump*. Der gleichnamige Hit der Sängerin Penny McLean lief mehrmals am Abend. *Let's dance - look at me - when I feel your touch - baby!* Die Hüften wanderten von links nach rechts und kollidierten mit Hüften Mittanzender. Hannes, Walter und ihr Freund Hammer beobachteten das und riefen blödes Zeugs Richtung Tanzfläche. Aufforderungen mitzutanzen wurden ignoriert. Charles Bronson tanzt auch nicht. Sonntagnachmittag. Treff im Gasthof Mautner. Kegeln, flippern, rauchen, Cola Rot trinken, wenig reden, streng schauen. So wie Charles Bronson in Spiel mir das Lied vom Tod. Morricones Filmmusik-Hit befand sich auch im verchromten Kasten der Firma Wurlitzer. Und Stücke der Band AC/DC. Walter drückte F8, den Code für *Highway To Hell*. Hannes' aktuelles Lieblingslied war *Zwickt's mi* von Wolfgang Ambros. Hammer war Kiss-Fan. Den Spitznamen hatte der lange schlaksige Typ wegen seiner ausgeprägten Kinnpartie bekommen. Hammer war kürzlich von Linz in die Bezirkshauptstadt übersiedelt und wohnte mit seinen Eltern in einem der Siedlungshäuser.

Der letzte Feriensommer war heiß. Im Freibad beobachtete Gump, mit Taucherbrille ausgestattet, die im fünf Meter tiefen Sprungturmbecken einschlagenden Körper. Manchmal zog es einem Mädchen das Oberteil weg. Am Grund fand er Münzen und Schmuck. In die Trennwände aus Holz der nebeneinander liegenden Umkleidekabinen hatte jemand Löcher gebohrt.
Als dann der „Ernst des Lebens" nicht mehr länger zu ignorieren war, sagte Walters Mutter, dass jetzt Schluss wäre mit dem ganzen Tag nur Blödsinn im Schädel haben. Jetzt müsse er einen Beruf erlernen und sein Geld selbst verdienen. Ein Unkostenbeitrag fürs Zuhause-Wohnen wäre fällig. Beim Betreten des Arbeitsamts bekam Gump Hitzewallungen.

In den Gedärmen rumorte es. Die Verdauung funktionierte seit geraumer Zeit nicht besonders. Der Beamte meinte, nachdem er minutenlang in seinem Zettelwirrwarr herumsuchte:
„I kann ihna zwei Lehrstellen anbieten. Dochdecka oda Uamocha."
Walters Mutter überlegte nicht lange und sagte: „Uamocha!"

Hammer rief an und berichtete von einer Linzer Band, die demnächst in der Arbeiterkammer spielen würde. Die hätten zwar einen depperten Namen, *Willi Warma*, ihre Musik wäre aber *voi guad*.
Der Sänger trug große Ohrringe und schüttelte gekonnt seine langen Haare, während er *Wir sprengen alle Ketten* brüllte. Die Band klang roh und wild. Nicht so wie die Tanzbands, die sich stundenlang brav durch die aktuelle Hitparade nudelten. Walter, Hannes und Hammer saßen in der letzten Reihe der Arbeiterkammer und schlugen im Takt auf ihre Oberschenkel, bis Hammer aufsprang und Walter, der fast gleichzeitig hochgesprungen war, gegen die Wand schubste. Der schöne Hannes wanderte zu den Mädels, die vor der Bühne standen und versuchte mittels Travolta-Hüftschwung auf sich aufmerksam zu machen.

Von Punk war die Rede und es wurden Nachforschungen angestellt. Die Bands aus England hatten tolle Namen: *The Sex Pistols, The Clash*. Der anbetungswürdige neue Star war der Sänger der *Sex Pistols*. „Ich bin der Antichrist, ich will zerstören!", brüllte der. Und Gott solle die englische Königin rasieren oder so. Besonders Hammer war hin und weg und wollte unbedingt eine eigene Band gründen. Also wurden die Sparbücher geplündert und günstig gebrauchtes Equipment gekauft. Das Häuschen, in dem der Nachtwächter des *Eisernen Wagners* bis zu seinem Tod wohnte, war den Siedlungsbewohnern für Freizeitaktivitäten zur Verfügung gestellt worden. Im ehemaligen Schlafzimmer stand ein Schlagzeug. Der Besitzer, den sie Pferd nannten, übte

da manchmal. Der Mitdreißiger war nun plötzlich Drummer einer Punkband. Pferd war phlegmatisch. Das war gut so, denn um das Schlagzeug zu übertönen, drehten alle ihre Verstärker auf Maximallautstärke und brüllten in ihre Mikrofone. Es klang fürchterlich, aber es machte allen außer Pferd Spaß. Das Outfit der Bandmitglieder wurde immer fantasievoller. Hammers Irokesen-Frisur wuchs und wurde wöchentlich umgefärbt. Hannes steckte sich Buttons an seine Jeansjacke und schnitt Löcher in die Hose. Den Travolta-Mittelscheitel wollte er allerdings beibehalten. Walter färbte die Haare hennarot und bohrte eine Sicherheitsnadel ins rechte Ohrläppchen. Nur Pferd wollte sich nicht verkleiden. So würde er nicht auf die Straße gehen. Nicht selten arteten Begegnungen mit den adrenalin- und testosterongefüllten männlichen Altersgenossen aus dem Umland in Handgreiflichkeiten aus. Während sich Hammer mit Gebrüll auf die Bauernbuben stürzte, fanden Walter und Hannes das eher nicht so gut. Hannes, weil jedes Mal seine Frisur darunter litt, und Walter, weil er Schwindelanfälle bekam. Während Hammer und Hannes austeilten, stand Walter stocksteif da und hatte Mühe, auf den Beinen zu bleiben. Gern hätte er auch eins dieser „Schweinsgsichter" poliert, wie sich Hammer ausdrückte. Es ging aber nicht. Um nicht ganz wehrlos zu wirken, bellte Gump lebensgefährlich klingende Drohungen gegen seine Kontrahenten.
Als Gumps Schwindelattacken auch ohne konkrete Anlässe immer öfter auftauchten, ging er zum Doktor. Das hätte sicher was mit einem zu hohen Blutdruck zu tun - Sport würde helfen, meinte dieser.

Walter stellte das Rad ab, ging Richtung Eingang einer Buchhandlung und blieb stehen. Es war ihm unmöglich, das Geschäft zu betreten. Hinten der Schatten und im Geschäft lauerte etwas monströs Bösartiges. Als ein Kunde die Buchhandlung verlassen wollte, wurde Walter Richtung Gehsteig gedrängt. Nach einer Umrundung des Häuserblocks schaffte er es, das Geschäft zu betreten. Walter nahm das erstbeste Musikheft und versteckte sich hinter einem Bücherregal. Da stand er, der wilde Punkrocker - schwindlig, bleich, schweißgebadet und kurzatmig. Während eines abermaligen Arztbesuches erzählte der komplett Überforderte, dass er außer den Schwindelattacken so komische Zustände bekäme. Der Doktor lachte, komische Zustände, die hätte doch eh jeder mal. Das hänge sicher mit der Pubertät zusammen. Und außerdem, so wie er daherkomme, kein Wunder.

Gegen Ende der Ferien fuhr der alte Gump mit Walter ins zwanzig Kilometer entfernte Frankenberg, um dessen künftige Lehrstelle zu begutachten. Er wusste noch immer nicht so recht, was er von der ganzen Sache halten sollte. Die nächsten drei Jahre hauptsächlich in einem Kaff verbringen? Diese Aussichten beruhigten sein panisches Herz nicht. Ihm gefiel allerdings, wie sein zukünftiger Chef aussah: Auf der Brille hatte der eine Lupe montiert und gekleidet war er in einen weißen Arbeitsmantel. Der Uhrmachermeister, etwa so alt wie sein Vater, machte einen ruhigen, netten Eindruck. Walters Vater sagte:
„Bring ihm Manieren bei! Und brauchst nicht zimperlich sein!"

Bald wohnte er bei einem älteren Ehepaar am Ortsrand von Frankenberg. Gemeinsames Essen und Fernsehen waren die einzigen näheren Kontakte zwischen ihm und den Vermietern. Die meiste Zeit saß er in seinem Zimmer, spielte Gitarre oder hörte Musik. Die Sicherheitsnadel hatte er entfernt, nachdem das Ohrläppchen auf die doppelte Größe angeschwollen war. Sein Chef riet ihm zu einem Gesundheits-Flinserl.
Im Buch *Blues für Anfänger* wurde vermittelt, wie man zu Grundakkorden Melodien spielt. Der Radiorekorder, den Walter regelmäßig mitnahm, hatte ein eingebautes Mikrofon. Er reihte Akkorde aneinander und nahm das auf. Zu den Playback-Chords von der Kassette spielte er Melodien

so wie im Buch beschrieben und beamte sich raus aus dem Kaff auf die Bühnen unzähliger Fantasiefestivals.

Der alte brachte den jungen Gump jeden Montag ins Kaff und holte ihn freitags wieder ab. Auf einer dieser Fahrten sagte der Alte, nachdem er die ganze Zeit schon sichtlich nervös wirkte:
„Dei Muadda und i lossn uns scheidn!"

Sein sechzehnter Frühling zog ins Land. Als Geburtstagsgeschenk bekam Gump ein gebrauchtes Puch MS 50 Moped. Baujahr 69. Da Mofas und Vespas grad angesagt waren, zog Walter ein Gesicht, als sein Vater mit dem altmodischen Ding um die Ecke knatterte. Aber immerhin konnte er nun, zumindest in der warmen Jahreszeit, zwischen Bezirkshauptstadt und Kaff pendeln. Auf seinen täglichen Ausfahrten stellte er fest, dass dieses Gefährt schneller als die meisten Mofas war, und fand wegen der motorischen Leistung sein Moped nun doch cool. Neuerdings sagten viele *kuul*, oder *voi kuul*, wenn sie sich extrem freuten. Mittelfinger zeigen als Geste der Verachtung verbreitete sich auch.

Für wohl überlegte Zukunftspläne am Land suchte ein linksalternatives Ehepaar aus Wien in Oberösterreich eine geeignete Bleibe. In der Umviertler Bezirkshauptstadt wurden sie fündig.
Im Erdgeschoß des Objektes befand sich ein vollständig eingerichtetes Gasthaus und im Stock darüber eine Wohnung mit optimaler Größe. Gute Lage, nicht teuer. Genau das Richtige für ihr Vorhaben, meinte die Besitzerin. Nachdem sich Friedl und Johanna davon überzeugt hatten, unterschrieben sie den Pachtvertrag und eröffneten ein halbes Jahr später ein Musikcafé. *Zapata* wurde das Lokal getauft. Benannt nach dem mexikanischen Revolutionär Emiliano Zapata.
Aussehen und Vorhaben der neuen Pächter weckten Misstrauen bei den Eingeborenen und so rankten sich bald wilde

Geschichten um dieses Lokal und seine Gäste. Allein wie die Wirtsleute schon daherkamen: er zaundürr, langhaarig und die Hände immer im Hosensack, sie Stoppelglatze und tätowiert. Sicher ein Lokal für Drogensüchtige! Und wer nicht freiwillig was nimmt, dem wird da was ins Bier geschüttet. Mehr Auskunft brauchten Walter Gump und Kollegen nicht. Erzählt wurde auch, dass sich spät nachts Frauen halbnackt auf der Tanzfläche räkeln würden.

„Wahrscheinlich is des a Drogenpuff!", resümierte Hammer messerscharf.

Der erste Besuch wurde minutiös geplant. Wie viele Sicherheitsnadeln? Wie viele Nietengürtel? Hammer hatte seit kurzem ein Feuerzeug, das einer Handgranate verblüffend ähnelte. Er zündete sich bei jeder Gelegenheit seine Zigaretten damit an und trug das Ding gut sichtbar an einem der drei Nietengürtel. Mittlerweile war er eine stadtbekannte Figur, aber geduldet, denn er ging wenigstens einer regelmäßigen Arbeit nach.

Die drei Punks umrundeten das Musikcafé mehrmals, bevor sie es betraten. Walter wollte das so, es würde die Spannung steigern. Nach der dritten Umrundung reichte es Hammer. Spannung genug! Er ging voraus und steuerte den erstbesten freien Tisch an. Nach kurzer Zeit kam der Kellner, Biere wurden bestellt und Zigaretten angezündet. Hammer benutzte sein Handgranatenfeuerzeug und stellte es auf den Tisch. Der Kellner servierte die Biere, zur „Handgranate" sagte er nichts. So nach und nach füllte sich das Lokal. Walter, Hammer und Hannes versuchten, lässig gelangweilt zu wirken, während sie, eine nach der anderen rauchend, die Stammgäste beobachteten, die sich an der Bar versammelten. Viele der männlichen Besucher hatten lange Haare und Bärte in allen Variationen. Abgewetzte Röhrljeans, uralte Lederjacken und Schmuck war beliebt. Manche Frauen trugen farbenfrohe Kleider. Andere kombinierten Kleid, Jeans und Accessoires wie Tücher mit winzigen eingearbeiteten Spiegeln. Die eine Besucherhälfte sah aus, als wären sie dem Musical *Hair* entsprungen, die andere war schwarz-weiß gekleidet und wirkte ein wenig kränklich. Die drei Punks hörten, wie die Gäste den hageren Typen hinter der Bar mit Friedl anredeten und kombinierten, dass er wohl der Besitzer sein müsste, dieser Zapata-Friedl, von dem die Rede war. Auf dem Weg Richtung WC fiel Walter ein Bild auf, das neben der Toilette hing. Am Rückweg blieb er stehen und betrachtete es genauer. Der Wirt war abgebildet. Den Mund weit aufgerissenen und einen Hahn in Händen haltend. Walter konnte nicht genau erkennen, ob es sich um eine Fotografie oder um ein gemaltes Bild handelte. Als er wieder zu den anderen zurückkehrte, stand der Lokal-Chef an ihrem Tisch und fuchtelte mit dem Handgranatenfeuerzeug herum. Er wirkte aufgebracht:

„Ich mag euch Punks ja, aber mit so einem Scheiß braucht ihr erst gar nicht mehr kommen. Uns müsst ihr nicht provozieren! Wir sind die Falschen! Wir sind ja eh auf eurer Seite! Hier, was zum Lesen!", sagte Friedl und legte dem Trio ein Magazin namens *Der Spiegel* auf den Tisch. *Sowjet-Einmarsch in Afghanistan* stand am Cover.

„Genau, lesen werd i jetzt. Is der deppat?", sagte Hammer, als Friedl wieder hinter der Bar stand. Mit „Aber die Musik ist schon gut" wollte Walter seinen Freund beruhigen.

„Hippiescheiß!".

Hammer war nicht zu beruhigen.

Regelmäßig am Sonntag hing das Schild „Geschlossene Gesellschaft" an der Eingangstür des Musikcafés. Die Mitgliedschaft war ein Ritterschlag für die drei Punks. Die Aufnahme in den innersten Kreis der Umviertler Schattenwelt. Weil sie ihre Erzählungen über die geschlossene Gesellschaft erheblich dramatisierten, wurden Walter, Hammer und Hannes beneidet. In Wahrheit gab es Flipperturniere, Schachrunden und zum Joint Rauchen musste man sich nicht verstecken.

Friedl hatte seine ganze Plattensammlung zur Verfügung gestellt. Ein drei Meter langes Regal voll mit Alben. Frank Zappa, Mother's Finest, Fela Kuti, Curtis Mayfield, Weather Report, Miles Davis, Coltrane. Aber auch Kraftwerk, Neu,

Can und abstruses Zeug wie ein Album der Comedian Harmonists und Platten mit Chansons. Walters Lieblingsstück: *Smiling Faces* von Rare Earth. Ob ein Punk so etwas hören durfte oder nicht, war ihm egal. Von der Punkverkleidung war nur mehr die Lederjacke geblieben. Stundenlang stöberte er in Friedls Sammlung, während an der Bar und an den Tischen politisiert wurde. Reden war nicht so Walters Ding, und nur zuhören war auf Dauer anstrengend. Außer wenn Friedl und Johanna Geschichten aus der Wiener Zeit zum Besten gaben. Sie waren mit dem Maler Gottfried Helnwein befreundet und berichteten von politischen Aktionen, Kunst-Happenings, wilden Partys, Auftritten der Hallucination Company, von Dradiwaberl und Novak´s Kapelle.
„Novak´s Kapelle kennt ihr nicht? Im Regal müsste eh was sein, wenn es noch nicht gestohlen wurde... Schau doch mal, Walter."
Walter Gump durfte sonntags regelmäßig Platten auflegen. Da nachmittags kaum jemand tanzte, stellte sich DJ Walter eingekifft auf die Tanzfläche und genoss es, wenn Stücke die Anziehungskraft einer erstaunlichen Parallelwelt entwickelten. Sein Radar schaltete auf Autopilot. Die Synapsen jubelten. Kein Schatten.
Smiling faces, smiling faces sometimes...
„Die Geschenke werden immer besser," dachte sich Gump, als ihm - doch sehr überraschend - seine Mutter 10.000 Schilling für einen Autokauf in die Hand drückte. Der Vater zahlte den Führerscheinkurs. Walter erwarb eine gebrauchte Ente. Er entschied sich für das giftgrüne Vehikel, weil es nicht einmal 10.000 kostete und im Sommer praktisch war wegen dem „Fetzendachl" - quasi ein Cabriolet. Längere Autofahrten im Winter waren dagegen mühsam, da die Heizung ihren Namen nicht verdiente. Gekleidet wie für eine Nordpol-Expedition steuerte Gump die Affenschaukel, wie Hammer Gumps Auto nannte, über Eis und Schnee. „Sag nix gegen meinen Citroen 2CV mit stolzen 24 PS, denn wo du mit deinem Ford Capri stecken bleibst, schneidet die dünne Bereifung elegant durch jede Schneeverwehung."

Und somit musste der Uhrmacherlehrling auch in der kalten Jahreszeit nicht mehr im Kaff wohnen. Zum letzten Berufsschulmonat wagte er sich mit dem 2CV sogar bis ins Waldviertel. Internat und Schule lagen nur wenige Kilometer vom Eisernen Vorhang entfernt.

Ein burgenländischer Lehrlingskollege namens Fredl Patek fragte Gump, ob es die Ente bis nach Oberwart schaffen würde, denn er hätte die Angie aus Vorarlberg und die Doris aus Niederösterreich zu sich nach Oberwart eingeladen. Auf Uhrmacherkollegin Doris hatte Walter ein Auge geworfen. Fredl wusste das und erzählte es seiner Internatsfreundin Angela, genannt Angie. Die wiederum machte Doris auf Walter aufmerksam. Und da Doris auch einen Internatsfreund haben wollte, angelte sie sich den schüchternen Oberösterreicher.
Die Ente beförderte die vier Personen in knapp drei Stunden ins südliche Burgenland. Fredls Eltern waren nett bis desinteressiert. Frau Patek stand permanent in der Küche, trank Kaffee und rauchte, wenn sie nicht gerade etwas kochte. Herr Patek horchte Radio Burgenland oder saß essenderweise vor dem Fernseher. Und so kam, was kommen musste. Angie und Fredl verschwanden abends in Fredls Zimmer, Doris und Walter übernachteten im Wintergarten. Endlich konnte er seinen Penis in eine Vagina stecken. Schon nach ein paar Minuten schoss Sperma in den Gummi. Das Blut blieb aber in der Leibesmitte und so konnte Walter noch eine halbe Stunde auf der nackten Doris liegen und ihre Hände, ihre Zunge und ihr Stöhnen genießen.
Während der verbleibenden drei Wochen Berufsschule unternahmen sie gemeinsam Ausflüge in das wenig besiedelte Land, durch das sich ein Fluss namens Thaya schlängelte. Die Schwindelanfälle verschwanden. Die Wimmerln auch. Walter entwickelte ein Körpergefühl. Das Vakuum in der Höhle der Sehnsucht verkleinerte sich. Die Gesellenprüfung bestand er.

Der Uhrmacher, bei dem Gump ausgebildet worden war, beschäftigte während seines Präsenzdienstes einen neuen Lehrling, und so war für den Gesellen danach kein Platz mehr. Da eine freie Stelle im erlernten Beruf gerade nicht aufzutreiben war, blieb ihm nichts anderes übrig, als sich nach dem Abrüsten arbeitslos zu melden.

Er lag im Kinderzimmer und beobachtete eine Fliege, die ausdauernd um den Lampenschirm kreiste. Sein Kopf glühte, weil er die vielen, vielen Gedanken kaum ordnen konnte. Nervös stocherte er mit der Zunge in den Zahnlöchern. Vor Kurzem war wieder ein Stück von einem Backenzahn weggebrochen. Einmal mehr versuchte er, mittels THC-Inhalationen den eingeschnürten Brustkorb zu lockern. Als er den Joint fertig geraucht hatte, stand Walter auf, schob die Gardine auf die Seite, öffnete das Fenster und betrachtete die gegenüberliegenden Wohnblocks. Eine Fliege knallte gegen die Fensterscheibe. In den Blöcken wohnten mittlerweile Menschen, die er nicht kannte. Am Stadtrand wurde eine Wiese nach der anderen in Bauland umgewidmet. An der Stelle, wo früher das Bauernhaus des Huber-Bauern stand, befand sich jetzt der zweite Parkplatz des Maximarktes. Der Billa hatte den alten Laden vom Hochhauser gefressen. Der Maximarkt den Billa und den Huber-Bauern. Er musste weg, sonst würde auch er aufgefressen werden. Aber wohin?

2 | **Passagen**

Der Mitarbeiter des Arbeitsamtes gähnte, als Walter Gump Zimmer A-G betrat. Während Name, Beruf und Geburtsdatum des neuen Klienten auf einer Karteikarte vermerkt wurden, sah sich Gump um. Hinter dem Schreibtisch hing ein Porträt des amtierenden Bundespräsidenten, über der Tür ein großes Kreuz ohne Jesus. Der mit einem hellgrünen Hemd bekleidete Beamte durchsuchte minutenlang einen Stapel Ausdrucke, bis er feststellte, dass in Linz ein Uhrmacher gesucht werde. Gump fantasierte sich in die Landeshauptstadt und kommentierte gedanklich sein Hirnkino: *In Linz beginnt's, in Linz schtinkt's und wo's schtinkt do blei ma … Fud, Oasch, Nudl, Kirchschläger Rudl …*
„Und! Interessiert ihna des?", fragte der Beamte, dessen Augenbrauen ähnlich buschig waren wie die des Bundespräsidenten.
„Voi", sagte Gump und grinste den Beamten an.

Einen Monat später saß der Uhrmachergeselle in der Werkstatt der Linzer Filiale eines Wiener Uhrengroßhandels. Außer ihm arbeiteten da eine Sekretärin, Frau Schipesta und ein Vertreter, der laut Frau Schipesta nur „Der Vertreter" hieß. Der Vertreter war fast ständig unterwegs, um den digitalen Hongkong-Uhren-Ramsch anzubieten. Da sich die Filiale im zweiten Stock eines Bürohauses in der Goethestraße befand, gab es kaum Laufkundschaft. Und da Gump die meisten Garantiefälle auf Anraten der Sekretärin nach Wien weiterleitete, war nicht allzu viel zu tun. Schipesta und Gump verbrachten die meiste Zeit mit Würfelpoker. Die Sekretärin hatte lange Vorderzähne und sah einer bestimmten amerikanischen Schauspielerin ähnlich, die auch als Sängerin erfolgreich war. Deren Name wollte Gump einfach nicht einfallen.
Die Firmenchefs, Vater und Sohn, wären etwas merkwürdige Zeitgenossen, berichtete Schipesta. „Die kommen

einmal im Monat und überprüfen die Arbeitsmoral in der Filiale. Freundlicherweise warnen uns die Wiener Kollegen, wenn es wieder soweit ist", erklärte sie und würfelte ein Full House.

„Sie sind eine sehr gute Würfelpokerspielerin", sagte Gump anerkennend.

„Alles Übung, und ein wenig Glück gehört natürlich auch dazu", entgegnete sie breit lächelnd. Fast ihr komplettes Gebiss konnte Gump bestaunen. Der Name der Schauspielerin lag ihm auf der Zunge - irgendwas mit L.

Die Chefs stürmten überfallsartig in die Büroräume. Die Sekretärin stieß einen kurzen hohen Schrei aus, der in einem kurzen Lachanfall endete. Das abgemachte Alarmsignal für Kollegen Gump. Während der Ältere der Chefs Schipesta mit dem Zeigefinger vor dem Mund zu beruhigen versuchte, ging der Jüngere weiter Richtung Werkstatt, öffnete die Tür und postierte sich knapp hinter dem Uhrmacher-Werktisch, an dem Gump saß. Gump konnte den Juniorchef sekundenlang atmen hören, bis sich endlich ein Kopf über seine rechte Schulter schob, der „Wie gefällt's Ihnen bei uns, Herr Gump? Haben Sie genug zu tun?", fragte.

"Wird eh immer besser. Muss mich halt noch ein wenig einarbeiten", antwortete er etwas verlegen.

Gump trug einen Karton mit neuer Ware zum Firmenauto. Der Vertreter schritt vorne weg und steckte sich eine Zigarre in den Mund, die er mit einem Zündholz anzündete, als das Firmenauto erreicht war. Gump lagerte den Karton auf dem Beifahrersitz.

Der Vertreter fragte: „Und wie läuft's mit da Liza Minnelli? Immer Party, Party, ha? Mal schauen, wie lang das noch gut geht."

„Liza Minnelli, genau!", murmelte Gump erleichtert.

Dick und Doof lagen auf ihren Betten und lauschten aufmerksam. Ein großer kräftiger Student aus Braunau und ein schmächtiger Maurerlehrling aus Freistatt waren Gumps Zimmerkollegen im Linzer Kolpingheim. Auf Gump wirkte es, als würden sich die zwei in Figuren aus Wachs verwandeln, während er Akkorde zerlegte. Nach Beendigung der Musikdarbietung dauerte es mehrere Sekunden, bis wieder Leben in die beiden zurückkehrte. Walter Gump kiffte viel und beschäftigte sich mit seinen neuen Mitmenschen so gut er konnte.

„Meine Zimmerkollegen san voi absurd, he!", sagte er und zog kräftig am Joint. Walter schilderte Dick und Doofs Verhalten dem um zehn Jahre älteren Typen aus Schärding.

„Alles nur andere Wirklichkeiten, Gump!", meinte der. Walter kannte ihn aus dem *Zapata*. Der Typ bewohnte eins der wenigen Einzelzimmer des Heimes.

„Eh, Parallelwötn und so …".

„Genau Gump! Normal is eh fad. Schau, wie weit ma's brochd haum mit diese sogenannten Normalen!"

Der Typ aus Schärding wohnte schon das vierte Jahr im Kolpingheim und war in der oberösterreichischen Landeshauptstadt als Maler beschäftigt. Ein ernsthafter Zeitgenosse mit schulterlangen nicht mehr allzu dichten, meist fettigen Haaren und einer Krankenkassenbrille. Bei ihm verbrachte Walter den Großteil der Heimabende. Der Schärdinger hatte reichlich Dope und eine interessante Plattensammlung. Alle LPs von den Stooges etwa.

„Ah, d' Stougs!", kommentierte Walter, als er die Alben durchblätterte.

„Spricht man aber Studschis aus, Gump. Nicht Stougs! Hahaha."

„Stougs klingt oba besser", brummte Walter und bekam rote Flecken am Hals.

„Da Sun Ra schbüd nächste Wochn im Brucknerhaus. Den musst dir anschaun. Horch a moi!", riet der Schärdinger und

drückte Gump das Cover des Albums in die Hand.
„I kenn des eh vom *Zapata* her… Freejazz, ned so mei Ding."

Zugedröhnt saßen Gump und der Schärdinger im Brucknerhaus. Das Konzert war ausverkauft, die Besucher unterhielten sich im Flüsterton. Pünktlich ging das Saallicht aus. Als erstes betraten Sun Ras Musiker singend und rhythmisch klatschend im Gänsemarsch die Bühne. Alle weiß gekleidet, drehten sie mehrere Runden, nahmen dann ihre Plätze ein und begannen ohne erkennbare Struktur zu spielen, bis der Boss erschien. Auf seinem Kopf steckte eine Art Skulptur. An einem Aluminiumreifen, den *Sun Ra* wie ein Stirnband trug, waren Stäbe befestigt und an deren Enden fünf unterschiedlich große bunte Kugeln. Walter bekam einen Lachanfall, während die lebende Skulptur augenrollend das Orchester umkreiste. Nach mehreren Runden setzte sich Sun Ra an den Synthesizer und ab ging etwas, das Walter Gump komplett überrollte. Er verfiel in eine Art Schockstarre und bekam einen respektablen Schweißausbruch. Das Orchester steigerte sich in große Lautstärken. Sun Ra dirigierte mit ungestümen Bewegungen seine Musiker. Die Kopfskulptur wirbelte herum, während der große schwarze Mann mit den Bläsern um die Wette jaulte. Gump hätte gerne den Saal verlassen, befürchtete aber, dass seine butterweichen Knie ihn nicht weit genug tragen würden.

Als er an einem Freitagnachmittag Richtung Linzer Hauptbahnhof eilte, traf er Hammer zufällig auf der Blumauerstraße. Den Jugendfreund erkannte er erst, als dieser vor ihm stand und „Hallo, Walter" sagte. Hammer steckte in einem grauen Arbeitsgewand, die Vollglatze verdeckte ein Kapperl. Er trug einen stattlichen Kinnbart. Sie hatten sich nicht viel zu sagen, freuten sich still. Hammer gab Gump die Adresse der WG, in der er wohnte, mit dem Hinweis, nach der Arbeit mal vorbeizukommen.

Würfelpoker mit Frau Schipesta, kiffen mit dem Schärdinger und Gitarrenkonzerte für Dick und Doof. Nach drei Monaten war das die langweilige Routine. Der Hammer-Besuch kam gerade recht. Auf dem Weg hoch in den fünften Stock, der Lift war außer Betrieb, hörte Walter ganz unten schon Musik. Oben angekommen klopfte er an die Tür, die offen stand. Niemand reagierte. Er betrat die Wohnung und ging in Richtung Musikquelle. Es dürfte das Wohnzimmer sein, dachte sich Gump, als er Hammer und eine junge Frau auf einem Sofa sitzen sah. Beide waren als Skinheads verkleidet.

„Setz di her! Des is d'Susi, des is da Walta!", sagte Hammer und fuchtelte dabei mit seinem fast komplett volltätowierten Arm herum. Er trug Springerstiefel, knallenge Jeans und ein Leiberl mit der Aufschrift *Böhse Onkelz*. Susi steckte in sehr knapp am Arsch abgeschnittenen Jeans und hatte ein weißes T-Shirt an, auf dem *„Oi"* stand.

„I kapier's ned so gaunz", sagte Walter, als er sich setzte.

„Trink a Bier!", meinte Hammer und stellte eine Flasche Kapsreiter auf den Tisch.

„Bist du jetzt a Skinhead?"

„Schaut fost so aus, ha!", antwortete Hammer und deutete auf Susis T-Shirt.

„Wir sind Oi-Skins und keine Nazis!", sagte sie.

„Aha, und was heißt *Böhse Onkelz*?"

„Des is a Band. Voi geil he!"

„Aha!"

„Rennt eh de gaunze Zeit!"

Hammer erzählte, dass das *Böhse-Onkelz*-Album verboten sei. Er hätte aber eine Kassette. Walter wollte grad fragen, warum die Platte verboten sei, da fuhr es aus Susi:

„Ein Lied behandelt sexuelle Gewalt gegen Kinder und heißt *Der nette Mann*. Die ganzen Arschlöcher können die Wahrheit halt nicht ertragen!"

Hammer ging zur Stereoanlage und betätigte die Rewind-

Taste. Nach dem dritten Versuch hatte er das Stück gefunden. Er schüttelte den Kopf und hob die rechte Faust.

„Komm, mein Kleines, du sollst heut Nacht mein Opfer sein, ich freu mich schon auf dein entsetztes Gesicht und die Angst in deinem Schrei. Ich bin der nette Mann von nebenan und jeder könnt es sein, schaut mich an, schaut mich an, ich bin das perverse Schwein…"

„Aha, und des is gegen sexuelle Gewalt?", fragte Gump.

„Ja, glaubst du vielleicht dafür! Bist du deppert?", brüllte Susi mit ähnlich aggressiver Energie wie der Sänger. Walter hatte Mühe, sein Unwohlsein zu verbergen. Nach der Flasche Kapsreiter ging er.

Ein halbes Jahr dauerte die Linzer Episode. Der Wiener Uhrenvertrieb schloss die Filiale. Gump wollte weniger kiffen und irgendwas Vernünftiges tun.

Drei Jahre nach der Scheidung wohnten die Gumps immer noch zusammen im Siedlungshaus und stritten munter weiter. Der Vater bedauerte sich im Erdgeschoß, die Mutter verbreitete oben ihre miserable Laune. Wenn sie sich trafen, flogen die Fetzen. Der eine Sohn ist schon wieder arbeitslos. Der andere eine tickende Zeitbombe und der jüngste bockig bis zum Anschlag. Und wenn du kein Glück hast, gesellt sich oft auch noch Pech dazu: Der alte Gump krachte mit seinem Auto gegen einen Baum und büßte dabei fast alle Vorderzähne ein.

Angesoffen sein war eine Möglichkeit, um das alles zumindest vorübergehend in den Hintergrund zu drängen. Vater und Mutter tranken kaum, was Walter wunderte. Er schon. Den angestrebten komatösen Vollrausch schaffte er allerdings nicht. Bei den Versuchen, die Gump startete, musste er ab einer gewissen Menge Alkohol kotzen und war dann wieder nüchtern. Das ist ja den Aufwand nicht wert, resümierte er, kiffte sich durch den Tag und abends nahm er Speed.

Die Tür ging halb auf und der Vater schimpfte ins Zimmer des Sohnes.
„Wie du das nur aushaltest, den ganzen Tag auf der faulen Haut liegen. Aus dem Zimmer stinkt es ja schon. Du nichtsnutziger Giftler. Beweg deinen Arsch schleunigst in die Schifabrik, da brauchen sie Leute."
Auf Grund seiner fehlenden Vorderzähne lispelte der alte Gump. Walter hatte Mitleid mit dem geschundenen Erzeuger und so ging er zum Vorstellungsgespräch ins Bürogebäude der Schifabrik. Viel Qualifikation brauchte man nicht für den Hilfsarbeiterjob. Es war eher die Frage, hielt man das aus oder nicht. Gump unterschrieb.
Nach den ersten Wochen in der Fabrik wunderte er sich, woran sich der Mensch gewöhnen kann. Dieses ständig taube Gefühl in den Händen. Seine Aufgabe war, die lackierten Seitenflächen der Langlaufski matt zu schleifen. Dazu stand der Hilfsarbeiter vor einer von einem Motor angetriebenen, rotierenden, kreisrunden Schleiffläche. Die Seiten der Schier musste er darüberziehen. Zu weich aufgesetzt wurde der glänzende Teil des Lackes nicht ganz weggeschliffen, zu hart aufgesetzt kam die Holzstruktur zum Vorschein. Ständig flogen ihm kleine Fussel ins Gesicht. Gehörschutz, Schutzbrille und Atemschutz gab es, wurden aber kaum genutzt. In einer Schicht, die acht Stunden dauerte, mussten circa 1.700 Langlaufbretter behandelt werden. Der Lohn: knapp 12.000 Schilling.
In jeder Abteilung der Fabrikationshalle stand ein Büro. Die schallgeschützten quadratischen Räume standen auf einem einen Meter hohen gemauerten Sockel. Darin saßen die Vorarbeiter und Abteilungsleiter. Durch große Glasfronten hatten die einen guten Überblick. Viele von Gumps Kollegen arbeiteten schon seit Jahren in der Fabrik. Die einzige Abwechslung war, dass man nach einiger Zeit die Stationen am Fließband wechseln konnte. Also quasi Arschkarte gegen Arschkarte tauschen. Manchmal kam der alte Gump,

der seit nunmehr dreißig Jahren dort beschäftigt war, am Fließband vorbei. Wenn Walter seinen Vater von Weitem kommen sah, signalisierte er beste Stimmung mittels dämlichen Grinsens.
Die Fließbandarbeiter bekamen täglich einen Viertelliter Gratismilch. Die sollte gegen den eingeatmeten Staub helfen. Die Gewerkschaft hatte das ausverhandelt.

Ein Vorgesetzter zitierte Gump in sein Büro, zeigte ihm eine mechanische Pendeluhr und fragte, ob die noch zu reparieren sei. Gump nahm die Uhr mit nach Hause und konnte sie tatsächlich wieder zum Gehen bringen. Gegen Ende des Jahres reichte er die Kündigung ein. Im Rahmen der Firmenweihnachtsfeier ließ ein Gewerkschafter gut gelaunt Gewerkschaftliches Revue passieren, abschließend sprach er die Situation in der Hainburger Au an und verteufelte die Au-Besetzer. Seine Mimik verriet, dass dies der emotionale Höhepunkt seiner Rede werden sollte. Als er mit seinem Vortrag fertig war, bekam er nicht den Applaus, den er sich erhofft hatte. Die einflussreiche Kronenzeitung war gegen das Kraftwerk. Diese Zeitung lag täglich neben der Gratismilch.

Weitaus länger als das *Zapata* gab es in der Bezirkshauptstadt ein Lokal namens *City*. Der Großteil des City-Publikums bestand aus Schülern, Studierenden und anderen musik- und partybegeisterten Menschen. Der Psychologiestudent Robert Mattinger und seine Gang waren die Local Heroes. Die trugen eng geschnittene Anzüge, rauchten Smart Export und frönten dem Musikdiskurs. An welcher Krankheit leidet der arge Typ von Joy Division wieder? Mattinger wusste es. Sind Hüsker Dü wirklich eine türkische Band? Mattinger bekam einen Lachanfall. The Smiths, Gang of Four, The Fall, Cocteau Twins, Echo and the Bunnymen. Schon mal was von denen gehört? Gump ließ sich gerne über die neuesten musikalischen Revolutionen informieren. Sein aktueller Musikheld hieß allerdings Prince. Göttlicher Gitarrist und Performer. James Brown und Jimi Hendrix in einer Person.

Immer mehr CDs drängten auf den Markt. Handlich und unglaublich brillant im Klang, jubelte die Plattenindustrie. Die DJs freuten sich, denn sie mussten nun nicht mehr Reisekoffer voller Vinylscheiben herumschleppen.
Die alte Stammkneipe mied Gump zusehends. Im *Zapata* drehte sich alles zeitlupenmäßig im Kreis. Nicht mal eingeraucht war das noch auszuhalten. *Stairway To Heaven, Foxy Lady, A Little Help From My Friends, Sex Machine, California Dreamin'* klangen auch auf CD gepresst nicht frischer. Die paar Figuren, die sich auf der Tanzfläche befanden, rührten sich kaum. Auf Speed bekam Gump Aggressionen und rempelte die wackelnden Zombies an. Wer sich beschwerte, wurde mit weit aufgerissenen Augen ausgelacht.
Die *Zapata*-Betreiber Friedl und Johanna waren inzwischen geschieden. Johanna versuchte, das Lokal weiterzuführen. Sie bot selbstgekochtes vegetarisches Essen und Kurse für positives Denken an. Mit geringem Erfolg. Am Gang Richtung WC, der Flipperautomat war weg, hing neuerdings ein Portrait Bhagwans. Unter das Foto des merkwürdig grinsenden alten Mannes hatte wer *Ficken für den Frieden* gekrakelt. Friedl war mit einer Jüngeren Richtung Westen verschwunden, wie man sich erzählte. Die Helnwein-Bilder mit ihm.

Neben dem Eingang der Papierhandlung stapelten sich Sonderangebote aus dem Hause Taschenverlag. „Expressionistische Künstler 50%", stand auf dem Hinweisschild. Die Gruber Sonja hatte ihm davon erzählt. Die interessierte sich für Kunst. Er für die Gruber Sonja. Außer dem Helnwein-Bildband kaufte er welche von Nolde und Beckmann.

Expression bedeute Sichtbarmachung von Emotion. Ausdruck. Nicht das Dekorative stehe im Vordergrund, sondern das Erlebte, meinte Sonja, als ihr Gump die großformatigen Publikationen schenkte.
„Malst du auch?“, fragte sie.
Und schon begann er, Selbstportraits zu zeichnen, versuchte sich an Einrichtungsgegenständen, Häusern, Landschaften oder kopierte Helnwein. Zeit hatte er und die Gruber Sonja war beeindruckt. Er wollte sie zeichnen. Sie willigte ein. Es blieb nicht nur beim Zeichnen. Bald war er ihr komplett ausgeliefert. Alles war hell, wenn sie in seiner Nähe war, düster, wenn sie keine Zeit hatte. Künstlermenschen sind halt den Emotionen total ausgeliefert, sagte der Grimassen schneidende Mann im Spiegel, vor dem Gump stand.

Jugendfreund Hannes war mittlerweile zu seiner Freundin aufs Land gezogen. Hammer prügelte sich in Linz mit Neonazis und trug dabei Springerstiefel mit weißen Schuhbändern. Der Kontakt zu den Jugendfreunden war fast komplett abgebrochen.

Viel zu früh stand Walter am Bahnhof und rauchte die dritte Zigarette, als endlich Sonja mit ihrem Tramper-Rucksack um die Ecke bog. Interrail. Von der Bezirkshauptstadt aus nach Salzburg, weiter durch Bayern, bei Straßburg über die Grenze nach Frankreich, umsteigen in Paris und runter zur spanischen Grenze. In Spanien fuhr der Zug teilweise so langsam, dass Abspringen, nebenher Laufen und wieder Aufspringen ohne weiteres möglich war. Und tatsächlich sprangen kurz vor Madrid Jugendliche auf einen der Waggons, die von einer Diesellokomotive durch eine wüstenähnliche Landschaft gezogen wurden.
„Ein gutes Reisetempo, wenn man relaxed ist“, meinte Sonja. Sie saß Gump gegenüber und trug ein weißes Sommerkleid. Gump beobachtete seit Stunden abwechselnd die vorbei-

ziehende Landschaft und Sonja, deren schulterlanges, rötliches Haar vom Fahrtwind durcheinandergewirbelt wurde.

Walter sah etwas ramponiert aus, als sie im Hafen von Algeciras auf die Fähre nach Tanger warteten. Über Hemd und Hose hatte er Kaffee verschüttet. Als sie dann Europa hinter sich ließen, versetzte ihn der Gedanke, bald den afrikanischen Kontinent zu betreten, in einen euphorischen Zustand. „Land in Sicht!", brüllte er, als sich am Horizont Afrika abzeichnete. Völlig überdreht zog und zupfte er an Sonja herum und kommentierte ungefragt Gespräche wildfremder Menschen. Kurz vor der Ankunft in Tanger kam eine Durchsage über die Lautsprecher, dass sich Rucksacktouristen im hinteren Teil des Decks eine extra Einreisebewilligung in Form eines Stempels holen müssten. An einem Holztisch saß ein Mann in fantasievoller Polizeiuniform und neben ihm stand ein etwas jüngerer Kollege. Vor dem Tisch bildete sich eine Warteschlange von ungefähr sechzig Personen. Es ging alles sehr flott, und auch Sonja bekam problemlos ihren Stempel. Nur bei Walter dauerte es. Der am Tisch sitzende Beamte betrachtete ihn ausführlich von oben bis unten und sagte dann etwas zu seinem Kollegen. Beide verzogen keine Miene. Walter zappelte herum und machte Faxen. Zum Sitzenden sagte Walter breit grinsend, dass dieser eine sehr schöne Uniform habe. Dann betrachtete er den stehenden Beamten von oben bis unten und gratulierte auch diesem zu seiner tollen Ausstattung. Sonja verdrehte die Augen. „You have to wait!", befahl der stehende Beamte. Ein Scherz, dachte Gump und fing an, sich lautstark zu beschweren. Beide Beamten straften ihn mit wahrlich bösen Blicken. Als alle außer Gump einen Stempel hatten, verließen sie ohne weitere Anweisung den Tisch.
„Wird schon alles gut gehen", meinte Sonja. Walter bekam einen Schweißausbruch. Das Schiff legte in Tanger an und leerte sich. Der Grenzbeamte, der sich am Ausgang postiert

hatte, um die Reisepässe zu kontrollieren, ließ Gump nicht vom Schiff. Als Walter der letzte Passagier war und schon neue Gäste an Bord kamen, wusste er, dass das jetzt nicht gutgehen konnte.

„Ich komm mit der nächsten Fähre nach Algeciras!", rief Sonja, die unten im Hafen in der Menschenmenge stand. Sie winkte und hatte einen Gesichtsausdruck, den Gump nicht so recht einordnen konnte. Alle blickten nach oben. Ganz Afrika zeigte mit dem Finger auf Gump. Das Schiffshorn ertönte und die Reise ging retour nach Spanien. Die ganze Rückfahrt über führte Gump Selbstgespräche. Selbsthass wechselte mit Selbstmitleid. Je näher er der spanischen Küste kam, desto bohrender wurde die Angst um Sonja. Er ging aufs WC, verprügelte den Handtrockner und schrie den armselig aussehenden Mann im Spiegel an, weil der nicht einmal fähig war, die Freundin zu beschützen. In Algeciras beruhigte sich Gump etwas, denn der Abstand zwischen ihm und Sonja konnte nicht mehr größer werden. Sie kam mit der nächsten Fähre. Eine Überfahrt war noch angesetzt und so kauften sie abermals zwei Tickets. An Deck gab es wieder die über Lautsprecher angekündigte Prozedur. Diesmal mit zwei anderen Uniformierten. Walter zog sich ein frisches Hemd an, machte keine Faxen und bekam problemlos den Einreisestempel.

Als sie in Tanger die Fähre verließen, war es schon dunkel. Ständig umringt von jungen Marokkanern eilten sie Richtung Bahnhof. Die Begleiter hatten einiges anzubieten. Hotelzimmer, Taxi, Cityguide, etwas zu essen, zu trinken und Haschisch. Walter war überfordert, mit den Nerven am Ende und wurde immer wütender, auch weil seine Verneinungen nichts nutzten. Im Gegenteil, das schien die Marokkaner eher zu motivieren. Während Sonja relativ unbehelligt vorne weg schritt, war er umringt. Als sie dann endlich im Zug saßen, zog Walter alle Vorhänge des Abteils zu.

„Kauft hob i nix von denen!", sagte er mit ernster Miene.

„Wasser wäre nicht schlecht gewesen", meinte Sonja.
„Don't go behind your girlfriend", hatte der Haschischverkäufer gesagt. Walter überlegte, was das wohl bedeuten könnte. Er beobachtete Sonja. Sie hatte dem Schaffner etwas Geld gegeben und nun hatten sie ein Abteil für sich. Sie packte ein Badetuch aus und legte sich auf die Bank. Walter machte es sich auf der Bank gegenüber gemütlich und schlief bald wie ein Stein. Es dämmerte, als er aufwachte. Die vorbeiziehende Küste war teilweise in Nebel gehüllt. Der Zug stoppte in Essaouira, einer Kleinstadt am Atlantik, dem Ziel der Reise.

Der Schaffner empfahl das *Riad el Mess* mitten in der Altstadt. Ein ehemaliger Palast. In der Empfangshalle stand ein schwarz-rosa Marmorbrunnen. An die Halle grenzten ein Restaurant, eine Bar und ein Palmengarten. Ein Hotelboy schulterte die Rucksäcke und nachdem er ihnen die Räumlichkeiten im Erdgeschoß gezeigt hatte, begleitete er die neuen Gäste in den dritten Stock. Mit einer eleganten Handbewegung präsentierte er das überraschend große Zimmer mit Balkon. Da die Fensterläden geschlossen waren, schaltete er zuerst eine Stehlampe ein und öffnete anschließend die Balkontür. Walter machte es sich auf dem Balkon gemütlich und wähnte sich in einem Film. Sonja verschwand im Bad. Er hörte sie „wow" sagen. Am Platz vor dem Hotel war noch nicht viel los. In der Mitte des Platzes standen drei Bäume neben einem Brunnen. Neben dem Brunnen versammelten sich Menschen. Walter konnte das Meer riechen. Zu sehen war es nicht. Ein frischer Wind verteilte den würzigen Geruch. Aus einer Gasse wackelte ein Bus auf den Platz und hielt beim Brunnen. Es stiegen ungefähr genauso viele Menschen aus wie ein. Sonja kam, in einem Bademantel gehüllt, auf den Balkon. Gump entschuldigte sich für sein Verhalten während der Anreise und küsste Sonja auf den Bauch, während sich seine Hand Richtung Busen hocharbeitete.

„Kein Problem. Das mag ich ja unter anderem an dir, dass man nie weiß, was als nächstes kommt. Aber Sex gibt's jetzt keinen. Wo gehen wir zuerst hin?", fragte sie.
„Zum Hafen!", sagte Gump. Als sie das Hotel verließen, waren die drei Burschen, die sich schon beim Eintreffen bemerkbar gemacht hatten, immer noch am Eingang postiert. Der Älteste von ihnen, ein schmaler Typ namens Achmed, sprach sie erneut an. Die besten Plätze der Stadt und einen geheimen Palmenstrand, etwas außerhalb, würde er ihnen zeigen.
„Der will aber Geld und nachher müssen wir noch zu seinem Onkel, der eine Teppichfabrik betreibt, das ist dir eh klar", klärte Sonja Walter auf. Tags darauf nahmen sie doch einen von Achmeds angebotenen Diensten in Anspruch. Er lotste seine neuen *friends from Austria* in ein Restaurant, in dem fast nur Einheimische verkehrten. Gekocht wurde in der Mitte des Raumes. Außer der uralten Köchin, den zwei Mädchen, die die Gäste bedienten, und Sonja waren nur Männer anwesend. Nach einer hervorragenden Fischsuppe gab es Süßes, das die Bezeichnung Süßes übertraf und überraschenderweise Weißwein.
Später begann ein alter Mann mit Rauschebart eine Geschichte zu erzählen. Alle paar Sätze fuhr er sich mit der linken Hand kinnabwärts durch die Barthaare und reckte den Zeigefinger der anderen Hand wiederholt in die Luft. Walter war fasziniert. Erst als Sonja ihn darauf aufmerksam machte, bemerkte auch er, dass einige der Männer Sonja anstarrten. Walter glotzte die Gaffer an, was diese nicht daran hinderte, weiterhin seine Freundin anzustarren. Sonja wollte gehen. Walter fragte Achmed, ob denn Alkohol für Moslems nicht verboten wäre. Nur für Strenggläubige, meinte dieser.
Auf dem Balkon des Hotelzimmers rätselten Sonja und Walter, wo marokkanische Männer marokkanische Frauen kennenlernen würden.

Am darauffolgenden Tag ging Walter zum vereinbarten Treffpunkt, um abzusagen. Sonja wollte nicht mit Achmed zu diesem Strand. Nach hartnäckigen Verhandlungen wollte Achmed Walter wenigstens in ein nahes Café einladen. Gump ließ sich überreden. Er winkte Sonja, die auf dem Balkon saß und alles beobachtete.
Pfefferminztee wurde serviert. Haschisch wurde geraucht. Etwas später tauchte der bärtige Geschichtenerzähler wieder auf. Er hatte einen ungefähr zehnjährigen Buben mit dabei. „Suprise!", sagte Achmed und grinste, als der Bub mit glockenheller Stimme für die Café-Besucher zu singen anfing. Am späten Nachmittag kehrte Walter ins Hotel zurück. Sonja saß lesend am Balkon. Sie sagte gelassen „hi" und las weiter, während es sich Walter auf der Liege bequem machte. Er beobachtete, eine orientalische Melodie summend, abwechselnd die Verfärbungen am Horizont des wolkenlosen Abendhimmels und seine Freundin.
Ist sie es? Mann, Frau, Kind, Schicksal, bis der Tod uns scheidet?

Fünf, sechs Meter über Walter Gump schwebt Sonja Gruber. Ein Seilende ist fest verknotet um Gumps Brustkorb gewickelt, das andere Ende an Sonjas Beinen befestigt. Das Seil ist stark gespannt. Sein Brustkorb schmerzt. Auf einem Holzstuhl sitzt weinend der Bub, der im Café in Essaouira gesungen hatte. Er trägt eine bunte Polizeiuniform und hält ein Stoppschild in die Höhe.
Als er aus diesem Traum erwachte, lag Walter Gump in seinem Kinderzimmer. Es war ruhig. Hilde Gump hatte endlich das Siedlungshaus verlassen. Mit ihr die zwei Brüder.
Sonja und Walter planten, gemeinsam nach Wien zu ziehen.

Walter meldete sich bei den Grünen, damals noch «Die Alternativen«, als Wahlhelfer. Bei Gump erzeugte Politik noch immer keine große Euphorie, aber Sonja war von seinem

Engagement begeistert. Die Alternativen, die das erste Mal bei einer oberösterreichischen Gemeinderatswahl antraten, bekamen 4 %. Das erbrachte ein Mandat. Die Hälfte aller Stimmen ging an die ÖVP. 30% für die SPÖ und 12% für die FPÖ.

Der Atomreaktor in Tschernobyl explodierte. Viele versuchten dieses Ereignis zu ignorieren. Auch Walter beschäftigte sich mit anderen Dingen. Der Umzug in die Bundeshauptstadt nach Sonjas Matura. Cäsium hin oder her, auf langen Spaziergängen malte er sich die gemeinsame Wiener Zukunft aus. Da die Maturavorbereitungen viel Zeit beanspruchten, sah er Sonja nicht sehr oft. Den mit Brillanten besetzten Ring, den er ein paar Wochen zuvor zufällig gefunden hatte, konnte er um 12.000 Schilling verkaufen. Endlich hatte er einmal Glück gehabt.
„Geld für den Umzug", sagte er stolz und breitete zwölf blaue Scheine vor Sonja aus.
„Schön. Aber wenn du was arbeiten würdest, hättest du noch mehr für den Umzug und müsstest nicht so viel grübeln", meinte sie. Da zog es ihm gleich wieder den Brustkorb zusammen und den Boden unter den Füßen weg. Seine nicht sehr souveräne Urlaubsperfomance hing ihm nach. Er vermutete, dass sich Sonja deshalb ein wenig rar macht. Nach bestandener Reifeprüfung fuhr sie auf Maturareise in die Türkei. Er zählte die Stunden.

Gump stand am ausgemachten Treffpunkt im Stadtpark. In der einen Hand eine Bierflasche, in der anderen das Kate-Bush-Album *Hounds of Love*. Als er ihr die Platte überreichte, lächelte sie ähnlich merkwürdig wie im Hafen von Tanger.
„Wow, danke, wirkst irgendwie nervös", meinte sie. Dann entstand eine Pause. Walters Herz setzte kurz aus. Der Penis schrumpfte. Er trank einen Schluck Bier.
„Also, ich sag's lieber gleich, ich geh für ein halbes Jahr als

Au Pair nach San Francisco. Eine Freundin hat mir angeboten, das statt ihr zu machen. Diese Chance kann ich mir nicht entgehen lassen. Das wirst du hoffentlich verstehen. Mein Flug geht in vier Wochen."

Sonja Gruber rechnete mit einem Gump'schen Auszucker der Extraklasse. Der stand aber nur da, glotzte sie an und war von den biochemischen Reaktionen in seinem Körper völlig überfordert.

„Toll, gratuliere!", sagte er in einem übertrieben traurigen Tonfall.

Dann kam blitzartig der Zorn.

„Dumme Sau!", presste er aus sich heraus, drosch die Bierflasche auf den geteerten Weg und ging. Stundenlang schlurfte er kreuz und quer durch die Kleinstadt und verfluchte sich und die ganze Welt und Sonja im Speziellen:

„Diese dumme Schlampe, diese depperte Sau lässt mich im Stich! Und jetzt? Und jetzt? *...and if I only could... I'd make a deal with god... und jetzt? und jetzt? ...and I'd get him to swap our places... und jetzt? und jetzt? ...running up that road, running up that hill...*".

Auch tagsüber war es für Gump nun dunkel. Er lag kiffend und Bier trinkend im Stadtpark und die Abende verbrachte er im *Zapata* oder im *City*. Nahm reichlich Speed, schlafen konnte er sowieso nicht. Mit einer Nähnadel und schwarzer Tinte ritzte er sich ein halbes Herz in den linken Unterarm. Zieh doch alleine nach Wien, meinte einer von denen, die das Drama verfolgten. Sein Vater ließ ihn in Ruhe. Der hatte gar nicht registriert, dass es dem Sohn nicht gut ging. Nach einem Kuraufenthalt in Bad Gastein stand der über 50-Jährige zufrieden grinsend im Garten und genoss die Ruhe.

Die eher zufällige Beschäftigung mit Kunst verschaffte dem Elenden etwas Ablenkung. Der VHS-Rekorder hatte einen Defekt. Wenn sich Gump am nächsten Tag die TV-

Sendungen ansehen wollte, die er tags zuvor zur Aufnahme programmiert hatte, waren nur sehr kurze Ausschnitte verschiedenster Sendungen auf der Kassette. Nachrichten, Werbung, Spielfilm, rot-weiß-rote Fahne, Testbild. Wild durcheinander gewürfelt und mit teilweise verzogener Optik. Walter drehte den Ton ab und untermalte die Bilderflut mit Gitarren-Akkorden.
Ein befreundeter Hobbymusiker, bei dem Gump manchmal fasziniert vor den schrankgroßen Synthesizern saß, war dabei, einen Abend für elektronische Musik in der Arbeiterkammer zu organisieren. Gump berichtete von seinen Experimenten mit dem VHS-Tape und wurde eingeladen, an diesem Abend mitzumachen.

Ein Beamer warf die zerstückelten Fernsehbilder auf eine große Leinwand. Der frisch gebackene Performance-Künstler, der sich X nannte, produzierte Lärm, indem er alle Regler des großen Marshall-Amps auf 10 drehte. X ließ die Gitarre jaulen und verbog dabei seinen Körper, als hätte er Bauchschmerzen. Gegen Ende der Darbietung spielte er die österreichische Bundeshymne an. Einige waren aus dem Saal geflüchtet. Der Rest applaudierte höflich.

Walter Gump Senior und der Junior saßen seit Langem wieder einmal gemeinsam vor dem Fernsehapparat. Gerade als der Sohn verkünden wollte, dass er vorhabe, nach Wien zu ziehen, brummte es aus dem Senior:
„I hob auf dera Kur in Bod Gastein a Frau aus Innsbruck kenna gleand und de ziagd jezt zu mia. In an Monat is do."
„Aha, ok, gratuliere. I ziag übrigens im Herbst nach Wien", erklärte der Sohn. Das Stimmungsradar vermeldete Erleichterung beim Vater. Die äußerte sich folgendermaßen:
„Nau jo, du muast as eh wissn. A Oabeit und a Wohnung brauchst hoid scho."
Vom Geld, das er für den Ring bekommen hatte, war nach

durchzechten Nächten und Schulden-Rückzahlungen nicht sehr viel übrig. Das Volksfest stand vor der Tür und am Arbeitsamt erfuhr er, dass ein Nachtwächter für eines der Bierzelte gesucht wurde.
Lohn: 5.000 Schilling. Er nahm die Stelle an.
Nach einer Woche Nachtarbeit im Bierzelt fand Gump nicht gleich wieder in den alten Schlafrhythmus und so verbrachte er die Nächte abermals in seinen Stammkneipen. Trank, bis er müde wurde und wankte dann Richtung Siedlungshaus.

Es kam ihm jemand entgegen. Ein Betrunkener. Allein, dass der jetzt auch um diese Zeit hier entlang latschte, machte Walter wütend. Er fixierte den Mann.
„Schau mi ned so deppert au!", sagte der, als sie sich gegenüberstanden. Walter starrte ihn weiter an. Die Fäuste in der Jackentasche versteckt.
„He, Deppata!", lallte der betrunkene Fremde. Beim Wort „Deppata" schlug er Walter mit der flachen Hand ins Gesicht, traf aber nicht genau, streifte ihn eher. Der Fremde roch nach Alkohol und Schweiß und aus seinem Mundwinkel hing ein Speichelfaden.
„Du bist jetzt mein Opfer! Dich schlag ich blutig, du elende Drecksau", sagte Walter in einem Tonfall, als würde er auf einer Theaterbühne stehen und sich das Drama Richtung Finale wenden. Er begab sich in Kampfstellung und begann zu knurren. Zuerst leise, dann immer lauter, bis er zu bellen anfing und Schläge mit den ausgefahrenen Fäusten andeutete. Er war nun stocknüchtern und hochkonzentriert. Sein Gegner wirkte verunsichert, drehte sich um, versuchte wegzulaufen. Walter eilte ihm bellend hinterher und gab ihm einen kräftigen Tritt. Der Betrunkene fiel auf den Bauch und sagte etwas, das Walter nicht verstand. Blut lief aus seiner Nase. Gump bekam ein schlechtes Gewissen und ließ von ihm ab.

Am darauffolgenden Tag wanderte Walter Gump von einem Ortsende zum anderen, als wäre er auf der Suche nach einem Notausgang. Sogar die Natur gleich außerhalb der Stadtgrenze wirkte feindlich. Er fühlte sich wie ein Tier in einem Gehege. Dann wieder retour in die andere Richtung. Selbstgespräche richteten den Blick nach innen.
„Diese Stadt wird meiner Vorstellung einer Stadt nicht gerecht. Meine Familie wird der Vorstellung einer Familie bei Weitem nicht gerecht. Mein Beruf wird der Vorstellung eines Berufes auch nicht gerecht. Die Schuhe sind ausgelatscht und scheiße. *Think big, buddy!* Auf nach Wien. Weite. Ausdehnung. Expression. Mit neuen Schuhen in die große Stadt. Die alten drücken. *Take my shoes off and throw them in the lake!"*

Im Stadtpark platzierte er Zigaretten und zwei Dosen Bier auf dem runden Steintisch neben dem künstlich angelegten Teich. Etwas weiter weg saß Johann an dem Platz, an dem der Frührentner immer saß. Walter deutete Johann, dass er zu ihm kommen solle. Johann kam und setzte sich. Walter gab ihm das zweite Bier. Zwei elegant gekleidete ältere Damen fütterten Enten mit Briocheresten. Gump zog seine Schuhe aus und warf sie in den Teich. Johann lachte, die Enten und die Damen beschwerten sich.

Nach der falschen Einflugschneise, die ihn über den Gürtel bis zum Südbahnhof führte, landete Walter schweißgebadet im 17. Bezirk in der Blumengasse bei Friedrich, dem ehemaligen *Zapata*-Kellner. Die ersten Autofahrten durch Wien waren nervenaufreibend. Kein Handy, kein Navi, kein Beifahrer mit Plan. Dafür Gehupe und Ratschläge wie „Bleib zu Hause, wenn du nicht Auto fahren kannst, du Kartoffel."
Mit einem langgezogenen Ahhh versank er in der Couch, die im frisch renovierten Wohnzimmer stand. 60 Quadratmeter. Altbau. Weiße Flügeltüren. Parkett. Stereoanlage.

Vinylsammlung. Gerahmte Veranstaltungsplakate. Zimmerpalme. Hochbett. Friedrich hatte nicht übertrieben bei der Schilderung seiner neuen Wohnverhältnisse.

Am nächsten Tag lief Walter quer durch die Bezirke und grinste mürrische Menschen aufmunternd an. Die paar, die ihm in die Augen schauten, grüßte er, indem er mit dem Kopf nickte. Gehen und gehen und kein Stadtende in Sicht. Die neuen Adidas-Turnschuhe erzeugten einen dezenten Schwebezustand. Ohne dass er es richtig merkte, summte er den Refrain des uralten Schlagers *Irgendwo auf der Welt*. Dass die Häuser der Hauptstadt grau bis schwarz waren und die Gehwege voller Hundescheiße, störte nicht. Nicht heute. Hier war es versteckt, sein Stück vom Glück. Das spürte Walter Gump. Mit der U6 fuhr er abends den Gürtel entlang und wunderte sich, denn kaum jemand hatte die Vorhänge zugezogen. Diese Stadt war grenzenlos und lebendig und geheimnisvoll.

In einem Lokal in Ottakring würden sich öfter mal ein paar Leute aus Oberösterreich treffen, meinte Friedrich. Er könnte hier möglicherweise Infos wegen einer Wohnmöglichkeit und so bekommen. Einen der hier versammelten Landsleute namens Tobi kannte Walter aus dem *City*. Er erzählte dem Studenten von seinem Vorhaben, nach Wien zu ziehen und dass er ein Zimmer suche. Er wohne in der möblierten Wohnung seiner Tante in der Pyrkergasse in Döbling und ein Zimmer wäre frei, meinte Tobi breit lächelnd. Am nächsten Tag besuchte Gump den Studenten im 19. Bezirk und mietete das Zimmer. Siebziger-Jahre-Betonbau. Erdgeschoss. Aussicht auf parkende Autos. Die Nachbarn oberhalb deutlich hörbar. Egal.

Tobi stellte Walter eine Studienkollegin vor: die attraktive Anita Rot. Die zwei Studierenden der Bodenkultur-Uni könnten unterschiedlicher nicht sein, dachte sich Gump.

Tobi: schulterlange Haare, täglich gewaschen mit einem übelriechenden Shampoo aus Birkenextrakt, Gesundheitsschuhe, grün-brauner grobmaschiger Pullover, den eine Freundin gestrickt hatte. Anita Rot: Bundfaltenhose, Blazer mit Schulterpolstern, Make-Up. Sie sah Helena Christensen etwas ähnlich. Tobi sagte: „Darf ich vorstellen. Das ist Walter Gump. Er macht Musik, Performance und malt."
„Ach, das ist ja interessant, Musiker und so kenn ich ja eh einige, aber keinen, der malt!"
Gump erzählte, dass er die Aufnahmeprüfung an der Angewandten machen möchte. Bei Maria Lassnig. Gute Idee, sagte Anita Rot und berührte ihn kurz am Oberarm.

Auf der Siebziger-Jahre-Wohnlandschaft liegend grübelte Gump vor sich hin und suchte die Zwischenräume ab. Gerüchteweise hatte Sonja vor, für längere Zeit in Amerika zu bleiben. Er fand ein verpacktes Kondom. An Sonja dachte er kaum mehr. Wenn, dann kehrte er die unguten Erinnerungen hervor. Um regelmäßig zu einem Orgasmus zu kommen, hatte sie schnelle, ausdauernde Beckenbewegungen und Stellungswechsel verlangt. Walter war meist frühzeitig gekommen und so war das Vergnügen in Arbeit ausgeartet. Er steckte das Kondom in die Hosentasche und blickte sich um. Graugrüne Tapeten, ein dunkelbrauner massiver Einbauschrank mit Glasvitrine, ein Lampenschirm mit Kordeln und ein grünbrauner Vorhang. Um diese Tristesse etwas abzufedern, kaufte Gump Blumen und steckte sie in eine etwas zu kleine Vase, die er im Wohnzimmerschrank fand. Eine Flasche Rotwein hatte er auch besorgt. Für alle Fälle.
Nachdem er Anita bei der U-Bahnstation abgeholt hatte, registrierte er, dass sie flache Schuhe trug. Beide waren ungefähr gleich groß. Auf dem Weg Richtung Pyrkergasse schilderte Walter die Wohnsituation. Sie wäre eh eher an den Bildern interessiert, sagte Anita und boxte Gump in die Seite. Mit Interesse betrachtete sie seine Kunstwerke. Nach

der halben Flasche Rotwein legte Gump seine Hand auf ihre Schulter. Sie hatte nichts dagegen. Im Gegenteil, noch im Wohnzimmer ging die Fummelei los und vor lauter Aufregung biss Walter etwas zu stark in eine ihrer Brustwarzen.
„Aua, spinnst du! Das tut doch weh!"
Walter sprang vor Schreck hoch.
„Ihr seid doch alle dieselben Idioten ...".
„Nein, nein, tut mir leid, ich nicht. Ich bin nur, es is nur, i bin betrunken... oiso a bissl."
Gump sah erbarmungswürdig aus, sie bekam Mitleid.
„Ja, ja, setz dich wieder, schon gut."

Wien, des fängt ja super mit uns an, gratulierte er sich und kaute zufrieden sein Schnitzel, als sie eines dieser OÖ-Treffen in Ottakring aufgesucht hatten. Nach vier Wurzelbehandlungen war Gumps Gebiss wieder halbwegs in Ordnung. Die jahrelangen Verdauungsprobleme weg. Er summte dieses Lied vom Stück vom Glück, das da irgendwo warten würde.
„Jetzt bräucht i nur noch an brauchbaren Job", sagte er und küsste Anita auf den Hals.
„Was summst du da eigentlich andauernd?", fragte sie.
„Irgendwann, irgendwo... mmhmhm, mmhmhm, mhmhmhmhm."
„Ah, diese Melodie kenn ich, ist das nicht ein Lied von den Comedian Harmonists?"
Sie kennt die Comedian Harmonists! Wieder ein Pluspunkt mehr auf der Checkliste, freute sich Gump.

Man muss erst einmal aus dem Glücksgefühl aussteigen, um es überhaupt begreifen zu können, war einer der Sätze, die bei Gump von den Wochenend-Philosophie-Runden im *Zapata* hängengeblieben waren. Gelassen ausgesprochen von einem dauerkiffenden Philosophiestudenten aus gutem Hause. Für Gump reine Provokation. Gesagt, um allen anderen deren erbärmliches Leben vor Augen zu führen. Nun ging es Walter Gump gut. Also hatte er Glück. Und jetzt raussteigen? Die nächste Katastrophe wartet eh, steht längst vor der Tür. Ein unbedachter Schritt und man stolpert ins Minenfeld. Minen, vergraben von Menschen, die nichts anderes wollen, als einem das Leben schwer machen. Also immer schön aufpassen. Auch weitab der Front.

Gerda, die neue Freundin von Walters Vater, zog in das Siedlungshaus. Eine resolute Tirolerin und ungefähr so alt wie der Senior. Eine jüngere hätte er auch haben können, aber mit denen habe man immer so ein *Gfrett*, hatte Walters Vater das Alter seiner neuen Freundin kommentiert. Gerda: fünffache Mutter und mehrfache Stiefmutter. Keines ihrer erwachsenen Kinder war mit nach Oberösterreich gezogen. Die hatten fast alle schon eigene Familien. Hilde ging es mit der Partnersuche nicht so gut. Wenn ihr ältester Sohn dann doch wieder einmal bei ihr auf Besuch war, saß da wieder so ein Mittelscheitel tragendes Garnelengesicht mit glänzender Haut, wie er Anita die Freunde seiner Mutter beschrieb. Dort traf er auch auf seine zwei Brüder. Nach ein paar Floskeln ging ihnen regelmäßig der Text aus. Stoffel baute seinen Frust beim Vespafahren ab und donnerte regelmäßig irgendwo dagegen oder prügelte sich vorzugsweise mit gleichaltrigen Türken. Bremsen sei feig und man müsse sich halt wehren, antwortete Stoffel, als Walter nach dem Grund seines Verhaltens fragte. Max beendete die Maschinenbauerlehre und war im Begriff sich zu verloben.

Völlig überraschend stand Tante Frida vor der Tür. Gump wusste, dass sie sich in Österreich aufhielt, aber mit einem Besuch in der Pyrkergasse hatte er nicht gerechnet. Sie betrat den Vorraum, nahm die Sonnenbrille ab und lächelte. „Deine Ma hat mir gesagt, dass du jetzt in Wien wohnst und da ich alte Bekannte hier besuche, dachte ich mir, wenn ich sowieso schon da bin, schau ich bei dir auch vorbei."

Walter lotste sie in die Küche und bereitete Kaffee.

„How're you doing, Walter?"

„Danke, eh ganz gut. Wie geht's Onkel Ben?"

„Ben ist nicht mehr in der Army. Vorzeitiger Ruhestand. Du weißt ja, nach Vietnam hat er ziemlich viel gesoffen, aber seit wir nach Miami umgezogen sind, trinkt er nichts mehr, zu heiß zum Saufen, hahaha. Dafür sammelt er jetzt Whisky. Einen ganzen Schrank voll hat er schon, der alte Depp!"

„Aha, habt's den weißen Buick eigentlich noch?"

„Nein, der ist nicht mehr mit nach Miami umgezogen... anyway... also...".

Sie unterbrach, nippte am Kaffee, blickte dem Neffen in die Augen und fuhr fort:

„Walter, pass auf, ich muss dir jetzt was sagen! Also, deine Mutter... wo fang ich an?"

Walter stellte es die ersten Nackenhaare auf. Explosionsartige Geräusche beeinträchtigten seine Wahrnehmung. Sie nippte noch einmal am Kaffee, setzte die Tasse ab und sagte:

„Max ist nicht dein richtiger Bruder. Er hat einen anderen Vater. Er wird jetzt achtzehn und endlich werden die Karten auf den Tisch gelegt. Jetzt ist's heraus ... Jesus, ist mir heiß, kann ich einen Schluck Wasser haben?"

Walter ließ sich seine Verwirrung nicht anmerken, nach mehreren Schrecksekunden fragte er:

„Ähh was?"

Während des darauffolgenden Satzes ging ihm die Luft aus und er wurde immer leiser.

„Irgendwie hab' ich mir das eh immer schon gedacht! Der ist schon ziemlich anders."

„What?"

„He's different!"

„Na ja, wie auch immer, das sollte ich dir sagen, im Auftrag deiner Mum. Jetzt weißt du's, und Max weiß es auch. Gut,

dass du nach Wien gezogen bist. Mach was aus dir und besuch uns doch mal in Miami. Springbreak, you know? Da kommen viele Studenten from all over Amerika und feiern die wildesten parties on the beach!", versuchte sie Stimmung zu machen.
Als die Tante weg war, rauchte Walter mehrere Zigaretten hintereinander. Kaum mit einer fertig, zündete er sich die nächste an. Bis es ihn reckte. Hustend und würgend saß er in der Küche, während das innere Auge Familienalben im Zeitraffer durchstöberte. Der Streit im Badezimmer, Andeutungen blöd grinsender Nachbarn: Kuckuck! Familiäre Feierlichkeiten wie Geburtstage und Ähnliches. Max besaß nun einen zweiten Schatten. Es brummte der Schädel und es zischte in den Ohren. Die dünne Haut bekam an mehreren Stellen Risse.
„Geh was trinken!", meinte Anita.

Das Hauptquartier der Kulturszene abseits des Mainstreams hieß *Black Box*. Die österreichische Band Port of Souls hatte sich den Rang einer Kultband erarbeitet. Robert Mattinger, der wie Gump aus dem Umviertel stammte, war der Sänger der Gitarrenband. Gump war Fan und bewunderte Mattinger. Der schlaksige Typ hatte es geschafft, wie in alten *City*-Tagen auch in der Wiener Szene eine meinungsbildende Figur zu werden. Die *Black Box* war Heimat der Neigungsgruppe Musik-Diskurs, Besserwisserei und Bier-Vernichtung. Aus den Lautsprechern quengelten lautstark Sonic Youth, Nick Cave, Einstürzende Neubauten, My Bloody Valentine, Jane's Addiction und Ähnliches. Gumps Reservefamilie. Anita mied die *Black Box*. Das Lokal komme ihr vor wie das Hauptquartier einer Sekte. Als Walter verwundert nachfragte, erklärte sie: Die Szene-Mamas und -Papas würden da alle in Gut oder Böse einteilen. Dieses blödsinnige Freund-oder-Arschloch-Spiel würde sie langweilen. Außerdem würden alle stolz ihre schlechte Laune vor sich hertragen. Anita tanzte lieber zu elektronischer Musik. Zu diesem Zweck ging man nun nicht mehr in die Disco, sondern zu einem Rave. Möglichst illegal. Leuchtstäbchen, Signalfarben, Smileys. Acid House nannte sich die musikalische Neuheit. Ecstasy-Grinsen statt Bierernst.

Nach den niederschmetternden Familienneuigkeiten stand Gump vor dem gläsernen Eingangsbereich der *Black Box* und wollte gerade wieder umdrehen, als Mattinger ihn per Handzeichen ins Lokal wies. Mattinger stellte Gump einen bärtigen Typen namens Hofer vor. Nachdem Blixa Bargeld einmal mehr verlautbarte, dass er das letzte Biest am Himmel sei, meinte Hofer, dass er sich demnächst eine Wohnung ansehen werde. Die aber für einen allein fast zu teuer wäre. Gump zeigte sich interessiert, war aber für Small Talk nicht zu haben. Er verkroch sich in ein weniger frequentiertes Eck, beobachtete und grübelte.
Würde er aus einer funktionierenden Familie stammen, wäre er möglicherweise gar nicht hier. Vielleicht noch immer im Umviertel. Bei einem Uhrmacher beschäftigt. Finanzierungspläne für ein Eigenheim mit einer schwangeren Frau schmiedend. Keine Abweichungen. Kaum Überraschungen. Sicherheit des Alltags? Wohl eher Fadesse wegen ständiger Wiederholungen!
„Da sind mir aber diese Dodeln hier hundertmal lieber", sagte er sich selber, als Mattinger lautstark verkündete, dass Port of Souls als einzige österreichische Band am Big Beat-Festival spielen würden. Hofer spendierte eine Runde Schnaps.

Fünfter Stock, ohne Lift. Dicke Mauern. Ein gutes Versteck. 70 Quadratmeter, aufgeteilt in einen Vorraum, zwei große, helle Zimmer und eine Küche mit aus Pressspannplatten zusammengeleimter Einrichtung. In der Küche stand eine Badewanne.

Auf der stark befahrenen Linken Wienzeile rauschten die Autos stadtauswärts. Die Bahn der Linie U4 rumpelte alle paar Minuten vorbei. Im Betonbett, eingepfercht zwischen U4 und der dreispurigen Wienzeile, ein Rinnsal, euphemistisch Wienfluss genannt. Gump und Hofer glotzten aus dem Fenster.
„Super!", sagten sie fast gleichzeitig.
„In der Nacht, so zwischen drei und vier, ist es manchmal so leise, dass man den Wienfluss plätschern hören kann!", sagte die Besitzerin.
"Wien, eine Stadt, die fast nicht schläft", sagte Hofer und grinste Gump an. Sie mieteten die Wohnung.
Der fünfte Bezirk bestand zum Großteil aus kohlrabenschwarzen Zinshäusern. Einschusslöcher in den Mauern und Markierungen aus der Zeit des Zweiten Weltkrieges keine Seltenheit, kaum Parkanlagen, der Ausländeranteil hoch, die Mieten günstig. Die beiden neuen Bewohner entdeckten unter dem Teppichboden einen Parkettboden. Über die gröbsten Flecken an den Wänden pinselten sie bunte Quadrate und die quietschenden Flügeltüren wurden geölt. Der Umzug dauerte nicht lang. Fünf Kisten Zeugs und die paar Musikinstrumente, die Walter sich nach und nach gekauft hatte, mussten befördert werden. Nach getaner Arbeit machten sie sich auf den Weg in die *Black Box*, um auf ihre Wohngemeinschaft anzustoßen.
Mattinger war natürlich auch da und stellte Gump den Journalisten und Radiomoderator Fritz Wunderlich vor. Gump kannte Wunderlichs Stimme aus dem Radio. Etwas enttäuscht stand er dem stark alkoholisierten Moderator gegenüber und verstand kaum, was der von sich gab. Eine Kassette hätte er kürzlich zugeschickt bekommen. Mit herzzerreißend dionysischer Musik. So unfassbar gut, dass alle anderen scheißen gehen könnten. Ständig tauchten neue österreichische Bands auf. Gute Bands. Nach einem inspirierenden Konzert einer Tiroler Gruppe mit einem charisma-

tischen siebzehnjährigen Sänger und Gitarristen saß Gump wieder vor seinen neuen Musikmaschinen. Mit seinem Micro Moog Synthesizer beamte er sich auf die WUK-Bühne. Kassette um Kassette bespielte er mit selbstgebastelter Musik. Schließlich überreichte er Mattinger ein Demotape.

Hofer, Gump und Rot standen am Rand der Opernballdemo und beobachteten, wie ein paar Punks einen schwarzen Mercedes malträtierten und sich über die panischen Gesichter der Insassen freuten. Nazis-raus-Rufe waren zu hören. Plötzlich stand Friedrich aus der Blumengasse vor Gump.
„He Walter, dass man dich auch wieder mal sieht!"
„Hallo Friedrich, dasselbe wollt ich auch gerade sagen."
Sie umarmten sich.
„Also für mich war das jetzt genug Revolution, lasst uns in ein Café gehen!", schlug Anita vor.
„Drei Krügerl. Und einen Verlängerten für die Dame", sagte der Ober und stellte alles auf den Tisch. Gump fragte: „Woher haben die Punks gewusst, dass in dem Mercedes Nazis sitzen?"
Friedrich antwortete: „Keiner hat behauptet, dass die Nazis sind!"
„Aber hast du nicht auch *Nazis raus* geschrien?", fragte Gump.
„Ich hab' den Waldheim gemeint!", erklärte Friedrich. Anita richtete sich auf.
„Aber wohin soll er denn, der Waldheim? Ich befürchte, der gehört hierher. Leider Teil unserer Geschichte."
„Also Teil meiner Geschichte ist der nicht!", verteidigte sich Friedrich.
„Ich glaube schon!", ließ Anita nicht locker.
Sie fand Friedrich von Anfang an nicht sehr sympathisch. Als Walter nachfragte warum, erklärte sie, dass Friedrich auch so ein linker Möchtegern-Weltverbesserer wäre, der aber außer herumkrakeelen nichts zu einer Verbesserung beitragen würde.

Gump versuchte, das Gespräch zu verlagern.
„Ist euch schon mal aufgefallen, dass es in der Kunstszene scheinbar keine Rechten gibt. Weder in der Musik noch sonst wo. Ich meine nicht, dass ich die jetzt unbedingt brauchen würde, aber machen die Rechten keine Kunst? Also so zeitgemäße Kunst? Oder spielt sich das bei denen alles nur im Verborgenen ab? Die bekannteren Künstler sind jedenfalls alles bekennende Linke, oder?"
„Gute Frage, keine Ahnung, aber mit dem Peymann sind eh nicht alle Schauspieler einverstanden, oder? Der Morak regt sich eh immer auf. Mir ist es aber auch wirklich egal, was die machen", antwortete Friedrich und nippte am Bier.
„Prost und Nazis raus!" sagte Hofer und grinste.
„Ja aber, wo sollen die denn hin?" fragte Gump und grinste ebenfalls.
„Auf a Insel!", antwortete Hofer.
„Nazis reif für die Insel, hahaha!", feixte Anita.
Gump streichelte seiner Freundin über den Rücken und sagte: „Nein, aber jetzt im Ernst. Die FPÖ hat 10% der Stimmen gekriegt. Sind das alles Nazis? Meine Oldies wählen die FPÖ. Als Nazis würde ich sie jetzt nicht bezeichnen. Im Gegensatz zum Ex-Hauptschuldirektor. Der zum Glück schon tot ist. Dem wäre der Haider eher zu lasch."
„Viele, die den Haider gut finden, bewundern eine Ideologie, die Millionen Tote am Gewissen hat!", fiel Friedrich Gump ins Wort und wurde gegen Satzende energisch.
„Eh, sicher viele dabei… hast schon Recht, Friedrich. Weißt du übrigens, dass unterm Mao ungefähr 45 Millionen Chinesen umgekommen sind? Jeder hat Dreck am Stecken. Die Linken und die Rechten. Nicht wenige Hippies sind mit der Mao-Bibel herumgerannt. Unter den Linken gibt es halt auch viele unreflektierte Arschlöcher. Mir geht das oft ein wenig zu schnell mit dem Nazivergleich! Wie weit rechts muss man eigentlich sein, damit man ein Nazi ist? Ich bin tendenziell links, mir gefällt die Idee einer offenen

Gesellschaft, Solidarität und so, aber Grenzenlosigkeit funktioniert auch nicht, oder? Und alte, gute Dinge kann man schon auch bewahren."
„Manchmal frag' ich mich, ob du auf der richtigen Seite stehst!", meinte Friedrich genervt und starrte auf sein Bier.
Anita blätterte in einer Illustrierten.
„Zahlen bitte", sagte Hofer.

„He Gump, ich steh auf dich!"
„Ich steh auch auf dich."
„Du bist fast das Wichtigste in meinem Leben!", sagte Anita, als er gerade das Bett verlassen wollte. Sie zog ihn zurück.
„Ich frag mich halt, wohin das mit uns führen könnte."
„Meine Blase sagt aufs Klo!"
„Haha, sehr lustig."
Er kam in die Küche und entschuldigte sich.
„Ich meine, wir sind ja keine Teenager mehr."
„Ich versteh nicht, warum du in letzter Zeit ständig mit dem Thema kommst! Ich find's ok, wie es läuft und ich bin voll verknallt und alles!".
Walter zündete sich eine Zigarette an und legte die Stirn in Falten.
„Natürlich läuft's ganz gut, aber irgendwann braucht man einen Plan, zumindest einen groben... Hast du keinen Plan? Machst du dir keine Gedanken über uns und die Zukunft? Was spiel ich da für eine Rolle? Und ewig arbeitslos sein, kannst auch nicht, oder?"
„Ich lass' es halt einfach laufen", erklärte Gump und versuchte zu lächeln.
„Im Ernst, Gump! Was ist, wenn ich schwanger werde? Könntest du dir vorstellen, ein Kind mit mir zu haben?"
„Mah, keine Ahnung! Willst mit der Pille aufhören?"
„Die ewige Pillenschluckerei geht mir auch auf die Nerven... aber lassen wir das."

Anita führte Gespräche immer öfter in diese Richtung. Ins Eck gedrängt fing er an, sich zu verteidigen.
Er: Bin gerade noch dem Familiensumpf entkommen und jetzt soll ich eine eigene gründen? Ich bin für eine Vaterschaft völlig ungeeignet!
Sie: Das weißt du doch gar nicht!
Er: Familienstumpfsinn!
Sie: Mit dir darüber reden ist einfach nicht möglich.
Das machte beide mürbe. Walter kam Anita zuvor und machte Schluss.
Zeitgleich überraschte Hofer Gump mit der Ankündigung, dass er wieder ins Umviertel zurückkehren werde. Wien sei ihm zu stressig.

Allein in der Wohnung. Ruhe. Niemand da, der irgendwas will oder nicht will. Wie in einem Geheimversteck. Im letzten Stock des fünfstöckigen Gebäudes fühlte er sich sicher. Friedrich hatte Walter von seinem neuen Job als Behindertenbetreuer erzählt. Ginge ohne Ausbildung. Gute Bezahlung. Walter spielte mit dem Gedanken, den Betreuer-Job auszuprobieren. Vielleicht für ein Jahr. Geldmäßige Sanierung. Und dann was Gescheites suchen. Vielleicht doch wieder Uhrmacher? Gump überlegte und rechnete, als wieder einmal Klavierspiel zu hören war. Seit Monaten übte jemand regelmäßig. Nur diesmal kam die Musik von oberhalb. Im ausgebauten Teil des Dachbodens befand sich eine Waschküche. Seit Jahren unbenutzt, gammelte die so vor sich hin. Neugier trieb Walter in das Stiegenhaus und er stellte fest, dass die Klaviertöne aus der Waschküche kamen. Und tatsächlich saß da ein junger Typ - jünger als Walter - an einem Piano und übte Bach. Der Pianist glaubte, Walter wäre gekommen, um sich zu beschweren.
„Tut mir leid, war ich wieder zu laut? Ich hör' eh schon auf. Für heute genug. Ich heiß' übrigens Georg und wohne auf Tür 6."

„Nein, nein, alles ok, ich war nur neugierig. Stört mich nicht, im Gegenteil, klingt super. Ich bin übrigens der Walter. Im Stiegenhaus sind wir uns eh schon öfters begegnet."
Vorher hatte Georg in der Wohnung seiner Eltern geübt. Der Nachbar im Stockwerk zwischen Walter und Georg hatte sich immer wieder über das Klavierspiel beschwert, und so mietete Georgs Vater die ehemalige Waschküche an. Gleich beim ersten Treffen fiel Walter auf, dass Georg etwas nach Alkohol roch. Es war später Nachmittag und so dachte sich Gump nichts weiter dabei. Georg besuchte Walter nun ab und zu. Er studierte Klavier am Konservatorium und übte fleißig. Ich will mindestens so gut wie Glenn Gould werden, sagte Georg und öffnete grinsend die kleine Bar. Wenn die Eltern des angehenden Pianisten und Bach-Liebhabers nicht zu Hause waren, besuchte Walter seinen neuen Musikerfreund. Georg präsentierte seine neuesten Platten und sie tranken Whisky aus der gut bestückten Bar, die im Wohnzimmerschrank integriert war.

Wochen später fiel Walter auf, dass schon länger kein Klavierspiel mehr zu hören war und Georg nicht mehr angeläutet hatte. Gump ging nach oben in die Waschküche. Das Piano stand noch da. Ausgestopft mit Glaswolle. Tage später traf er Georg im Stiegenhaus.
„Macht die Kunst eine Pause?", fragte er.
Georg kratzte sich mit der rechten Hand am linken Unterarm und antwortete:
„Na ja, weißt, nachdem sich der Nachbar noch immer beschwert hat, haben dann ich und mein Vater das Piano mit Glaswolle abgedichtet."
Georg betrachtete seine Arme und erzählte weiter:
„Immer, wenn ich dann wieder zu üben angefangen hab', hat mich die Haut gejuckt!"
Er zeigte Walter die roten Stellen an den Unterarmen und meinte:

„Ich habe dann einfach nicht mehr spielen können. Ich bin zum Hautarzt gegangen, weil ich schon offene Stellen vom Kratzen gehabt habe, und der hat mich gefragt, ob es möglich wär', dass ich regelmäßig Hautkontakt mit Glaswolle habe... na ja... meine Haut ist ja wieder gut geworden, aber ich kann halt nimmer mehr spielen."
„Wie, du kannst nicht mehr spielen? Räum' die Glaswolle weg!"
„Ich habe zu studieren aufgehört, weil ich überhaupt nicht mehr spielen kann... weil immer, wenn ich mich jetzt an ein Klavier setz', fängt es irre zu jucken an, auch ohne Glaswolle."
Georg grinste merkwürdig und ging grußlos die Stufen hinunter.

Die alten Affen Angst und Panik öffneten eine Tür nach der anderen in Gumps Oberstübchen und starteten einen Schrumpfungsprozess. Aus dem Schatten flüsterte einer, er könne das alles gar nicht, bis es Gump auch glaubte. Aus der Bezirkshauptstadt kamen Forderungen, sich gefälligst öfter zu Hause blicken zu lassen. Endlose innere Monologe ohne großen Zusammenhang waren die Folge. Gump kam mit dem Sortieren und Abwägen gar nicht mehr hinterher. Wusste nicht, wohin mit den vielen Wortfetzen und Bildern. Und wäre das nicht schon genug, wurde alles von nicht einordbaren Geräuschen begleitet. So als würde im gegenüberliegenden Bahnhof eine Lokomotive Notbremsungen üben.

Walter Gump stand angesoffen an der *Black Box*-Bar und klagte über seinen Zustand.
„Magst noch einen Schnaps?", fragte die Kellnerin.
„Gib mir noch einen und bring dem DJ auch einen", lallte er. Mattinger, der an diesem Abend Platten auflegte, winkte ihn zu sich.

„Prost! Übrigens, unser Gitarrist steigt aus, wenn du willst, bist du der neue! Prob' ma halt ein paar Mal, dann spielen wir auf ein paar Festivals und später gemma ins Studio, ein Album aufnehmen! Was meinst?"
Gump kratzte sich am Sack, während er kopfnickend zusagte. Er stellte sich zurück an die Bar. *Knock-knock-knockin' on heaven's door.* Die Kellnerin stellte ihm einen Schinken-Käse-Toast hin. *Knock-knock-knockin' on heaven's door.* Der Song lief in seinem Kopf weiter.
„Geht auf's Haus. Hab gehört du bist jetzt der neue Gitarrist!", meinte sie lächelnd.

Stimmungstiefs lassen sich fabelhaft in Musik und Text umwandeln. Gute-Laune-Musik wäre nur was für Dodeln. Radiomann Fritz Wunderlich predigte das in der *Black Box*. Um wirklich gute Kunst machen zu können, müssten Künstler leiden und wenn schon nicht leiden, so wenigstens saufen. Durch die Worte eines Mannes der intellektuellen Speerspitze des Wiener Undergrounds fühlte sich Gump bestätigt, im Grunde des Herzens ein Künstler zu sein.
Und Musik ging sowieso immer, ob mit schlechter oder guter Stimmung, ob zornig oder weichgekifft. Musik war die verlässlichste, vielseitigste, wohltuendste Freundin.

Vor dem ersten Konzert mit Port of Souls musste er kotzen.

3 | Musik und andere Geräusche

Am Stammtisch der *Black Box* herrschte Aufregung. Der bekannte Regisseur Thomas Brehm, der ein Jahr zuvor mit *Asthma bei Linz* ein „Meisterwerk des österreichischen Dokumentarfilmes" abgeliefert hatte, wolle sich nun beruflich den Wiener Underground-Bands widmen. Nach den chronisch kranken Einwohnern der oberösterreichischen Kleinstadt plane der Regisseur, Mitglieder der hiesigen Szene bei ihrem Tun zu filmen und Interviews zu führen. Brehm fand Gefallen an den Songs, die ihm ein Kameramann bei gemeinsamen Autofahrten vorgespielt hatte. Auch Musiker schienen zu leiden. Jedes Lied eine Anklage.

Mattinger schrie sich die Seele aus dem Leib und schwitzte in sein Holzfällerhemd. Den Refrain brüllte Gump mit schmerzverzerrtem Gesicht mit. Der Bassist ging am Ende des Liedes in die Knie, während der Schlagzeuger die Kicktrommel vom Podest stieß.
Die Bandmitglieder saßen im Schneideraum der Filmproduktionsfirma und beobachteten sich. Fünf Kameras hatten das existenzialistische Drama auf Schwarz-Weiß-Film gebannt. Port of Souls eröffneten die Doku. Brehms Assistentin, die Gump schon während der Aufnahmen aufgefallen war, schaltete das Licht wieder ein. Sie trug ein schwarzes Kleid und eine Perlenkette. Eine Frau, die aussah, als wäre sie einem Jean-Luc-Godard-Film entsprungen. Und dann hieß sie auch noch Marie.

Nach einem Bier in einem nahen Eckbeisl kehrte Gump zurück zum Büro der Produktionsfirma und klingelte. Marie öffnete.
„Hallo, ich habe da vorher, glaube ich, mein Kapperl vergessen."
„Na, dann werden wir doch gleich mal nachschauen."
Walter trottete hinter ihr her.

„Ah, da liegt ja das gute Stück!", sagte Marie und gab ihm die Kappe.

„Was hältst du von der Doku? Man hört ja die unterschiedlichsten Dinge aus der Szene. Einige der Musiker dürfte der Mut verlassen haben, nachdem sie sich selber reden hörten und dabei entdeckten, dass sie wenig zu sagen haben", meinte Marie und betrachtete Walter mit einem Lächeln. Seine Nervosität, die er kaum verbergen konnte, gefiel ihr offensichtlich.

„Ich find' die Doku super. Hab' ich aber eh schon gesagt. Endlich ein anderer Blick auf dieses Underground-Szene-Ding. Weißt eh, Selbstbeweihräucherung und so… das hat ja eh schon zum ungut Riechen angefangen. Jetzt ist halt der Brehm aufgetaucht und hat einen riesigen Spiegel aufgestellt. Zuerst wollten natürlich alle dabei sein und jetzt, nach ein paar doch eher armseligen Ergebnissen, fühlen sich einige gestört, beim Weltberühmt-Sein in Wien. Und der Brehm ist natürlich schuld."

„Euer Stil ist so Laissez-Faire. Ihr wirkt nicht sehr überprobt und deshalb angenehm authentisch", meinte Marie. „Dieser Mattinger war beim Interview auch eher wortkarg. Im Gegensatz zu dir jetzt."

„Ist das jetzt ein Interview?"

„Haha, nein!"

„Ich weiß halt, wann ich die Pappen halten muss. Geh mit mir was trinken und ich erzähl noch viel mehr!" Gump wurde euphorisch.

„Gut, in einer Stunde ungefähr bin ich hier fertig, dann hab' ich bestimmt Hunger. Treffen wir uns doch so um acht im Beisl ums Eck!"

20:25

„'tschuldige, es hat noch gedauert. Und, hast du dir schon eine Geschichte überlegt?"

„Da brauch ich nicht lange überlegen. Waun i wü, red i wira

Wossafoi! Stört es dich, wenn ich manchmal Dialekt rede?"
„Nein, gar nicht."
Nach dem dritten Bier sprudelten die Geschichten nur so raus aus Gump: Noch nicht so lange bei der Band… voll viele Ideen… eigentlich Hobbymusiker, aber trotzdem viele Konzerte… sogar österreichweit … beruflich Uhrmacher, vielleicht bald Behindertenbetreuer und so weiter und so fort. Am Schluss seines Vortrags blieb seine Zunge am trockenen Gaumen picken.
„Und du, was ist mit dir? Was machst du außer Filmproduktion? Noch ein Bier, Herr Ober! Trinkst du a noch was, Marie?"
„Nein. Sorry, ich muss gehen, muss noch was erledigen, außer der Filmproduktion gibt's da schon noch andere Dinge."

Seit Sonja war Walter Gump nicht mehr so in eine Frau verknallt gewesen wie in Marie. Sie wollte „dieses Freundschaftsding" wie ein strategisches Spiel beginnen und sich nicht in die Karten blicken lassen. Walters Plan lag auf dem Tisch, die Marschrichtung mit einem roten Pfeil markiert. Marie war überrascht, wie schnell er ihre Türen einrannte.
„Deine Offenheit und deine gleichzeitige Unberechenbarkeit machen mich fertig!", sagte sie. Aus lauter Euphorie wollte er mehrmals täglich seine Finger, seine Zunge und seinen Schwanz in die dafür geeigneten Körperöffnungen der schönen Frau stecken. Wenn sich zwischendurch dann doch wieder alles beruhigte, eine halbwegs normale Betriebstemperatur erreicht war, redeten sie über Filme, Musik und Szenemenschen. Brehms Doku über die Wiener Underground-Bands lief ein paar Wochen in den Programmkinos.

Die gemeinnützige Organisation zur Beherbergung behinderter Menschen namens *Immer im Dienst*, kurz I.i.D., betrieb sechs Heime in Wien und Umgebung. Nach dem Vorstellungsgespräch musste Walter Gump ein Probemonat absolvieren.

Er sah sich ungefähr sechzig geistig wie auch körperlich beeinträchtigten Menschen gegenüber. Da das Wetter schlecht war, hielten sich fast alle Bewohner im Gemeinschaftsraum auf. Sechs Betreuer und zehn Betreuerinnen kümmerten sich im Schichtbetrieb um den Ablauf im Heim. Angespannt beobachtete Walter die Menschen mit den unterschiedlichsten Behinderungen. Manche schienen abwesend. Ein paar schauten neugierig, den meisten war der fremde Mann egal. Ein älterer Herr mit Brille, der schon minutenlang auffällig in Walters Richtung gegrinst hatte, kam auf ihn zu. Mit einem festen Händedruck begrüßte er ihn und fing an, Erklärungen die Einrichtung betreffend abzugeben. Penibel beschrieb er den Tagesablauf, gab Auskünfte über die Probleme der einzelnen Bewohner, deren Essgewohnheiten, Hobbys und schilderte diverse Krankheitsverläufe. Der äußerst freundliche Mann verwendete Fremdwörter, die Walter noch nie gehört hatte. Gegen Schluss seines Vortrages legte er die Hand auf Gumps Schulter und merkte gelassen an, dass alle *Mongos* einen großen Arsch hätten. Als Gump nachfragte, wer denn dieser Mann sei, klärten ihn die Mitarbeiter auf, dass es sich um den 52-jährigen Herbert Wallinger handeln würde, einen Klienten, der sich gern als Dr. Herbert ausgibt. Manchmal würde er versuchen, den Mitbewohnerinnen Krankheiten einzureden, um sie anschließend eventuell untersuchen zu dürfen. Sehr erfolgreich sei er damit nicht und beliebt mache er sich auch nicht. Sein eigentlicher Job wäre das Einsammeln der Schmutzwäsche. Gump wurde gefragt, ob er denn Wolfgang schon kennen gelernt habe. Den *Oberspezialisten*. Auf die Frage hin, was denn das Spezielle an Wolfgang sei, zeigten alle Richtung Tür, denn da wartete Wolfgang bereits. Wallinger stand hinter ihm.

„Servas, i bin da Wolfgang und dem Herbert brauchst nix glaum. Gö Dokta, oida Unterhosen-Schnüffler!"

Herbert Wallinger drehte sich um, setzte sich an einen Tisch

und beschwerte sich lautstark. Wolfgang grinste zufrieden und wandte sich weiter an Gump:
„Du bist oiso da Neiche? Schau ma a moi, wie laung du's aushoidsd!"
Wolfgang sehe sich als Chef der zu Betreuenden, erklärte ein I.i.D.- Mitarbeiter. Gump müsse ihm von Anfang an konsequent Grenzen setzen. Walters Kopf war nach der ersten Woche so voll, dass er in der Freizeit niemanden sehen wollte. Fuhr aber mit Interesse wieder zurück an seinen neuen Arbeitsplatz.

Etliche Bewohner nutzten Gumps Neugier, denn sie wussten, dass dieser Zustand nicht lange andauern würde. In den ersten Wochen beantwortete Gump bereitwillig die immer gleichen Fragen und versuchte auch den gröbsten Blödsinn halbwegs ernst zu nehmen. Nach dem Probemonat kam das Ok aus der Zentrale. Von nun an also Behindertenbetreuer.
„Neunzehntausendachthundertsechsunddreißig!", sagte er erstaunt zu sich selbst, als er den Gehaltszettel betrachtete. Gumps Plan: auf keinen Fall länger als ein Jahr bleiben.

Weil die elektronische Türglocke schon zum dritten Mal innerhalb einer Minute surrte, hob Walter den Hörer der Gegensprechanlage doch ab, weil er vermutete, dass es sich wieder einmal um ein Scherzgeklingel handeln würde. Überraschenderweise hörte er aber:
„Servas Walti, i bins, da Schdoffi!" Drei Minuten später stand sein Bruder schnaufend im Vorraum. Auf seinem Rücken einen Tramper-Rucksack. Chaos brach aus im Rückzugsgebiet. Walter musste sich sammeln und täuschte eine einigermaßen lockere Begrüßung vor.
„D'Muata hod gsogd, du bist wieder orbeitslos und hättest eh Zeit!", sagte Stoffel, als er seinen Rucksack abstellte.
„I bin nimma arbeitslos. I bin jetzt Behindertenbetreuer. Konzerte spielen und Proben muss i natürlich a."

„Aha, soi i jetzt wieda foan?"
„Nein, bleib für a paar Tag in Wien und i zeig da die Stadt!", schlug der große Bruder dem kleinen vor.
„Passt... Kaun i vielleicht duschn? Und red ned so gschwoin daher!"
Während Stoffel unter der Dusche stand, rief Walter Marie an und erzählte ihr vom völlig überraschenden Besuch. Er wollte Unterstützung und fragte, ob sie ihn kennenlernen wolle. Wollte sie nicht. Am Abend in der *Black Box* beobachtete Stoffel mit einem gewissen Stolz, dass der ältere Bruder von vielen gegrüßt wurde. Walter erzählte von der Band, dem Film und alles. Er fragte nach, ob sich Stoffel immer noch mit Türken prügeln würde. „Wenn sie wieder deppert werden, diese Knoblauchfresser, dann schon", antwortete dieser und blies grinsend ein Rauchringerl Richtung Bruder. Auf dem Nachhauseweg fragte Stoffel, ob Walter wirklich so viele Drogen nehmen würde wie die Mutter immer behauptete. Walter verneinte. Stoffel bedauerte.

Nachdem er seinen Bruder im Stiegenhaus verabschiedet hatte, saß Walter auf der Couch, auf der Stoffel geschlafen hatte und betrachtete die Einbuchtung auf dem Kopfpolster. Über Halbbruder Max verloren beide kein Wort.

Unter den Heimbewohnern gab es einen, der bei Gump Interesse hervorrief. Alfons. Der 1,80 große hagere Mann war mit knapp dreißig Jahren nur unwesentlich jünger als Gump, geistig aber auf dem Stand eines Fünf- oder Sechsjährigen. Ursache: unzureichende Sauerstoffversorgung während der Geburt. Ein- bis zweimal im Monat bekam Alfons trotz der Medikamente Aggressionsschübe von großer Intensität. Vor einem Schub stellte er sich mit dem Gesicht knapp zu einer Wand und wurde still. Die Arme verschränkt. Mit der rechten Hand fasste sich Alfons ans Kinn, während sein Kopf zu zucken begann. Wo ist meine Mama? Weiß wer,

wo meine Mama ist? Warum kommt mich die Mama nicht mehr besuchen, jammerte Alfons dann mit kindlicher Stimme und wurde wieder still. Spätestens jetzt verzogen sich die Bewohner in ihre Zimmer, denn sie wussten, was nun geschehen würde. Alfons brüllte los. Mit einer Lautstärke, die ein erwachsener Mann zur Verfügung hat. Es klang, als würde er dem Leibhaftigen gegenüberstehen. Manchmal suchte Alfons während eines Schubes das Weite. Nach ein, zwei Stunden kehrte er zurück und war wieder lammfromm. In seinem Gesicht verbreitete sich wieder das Lächeln eines schüchternen Buben.
Als Walter das erste Mal eine dieser Entladungen aus nächster Nähe miterlebte, war er überrascht, wie intensiv sich die Schreiattacke darbot. Wie ein Forscher, der mitten im Dschungel einem fremden, unberechenbaren Tier gegenübersteht, war Walter fasziniert. Gleichzeitig hatte er großen Respekt. Walter wurde Alfons' Hauptbetreuer und musste sich nun um die Arztbesuche kümmern und den Kontakt zu den Angehörigen aufrechterhalten.
Alle paar Wochen kam Alfons Mutter zu Besuch. Sie hatte ihren Sohn sehr spät bekommen und es wirkte eher so, als wäre sie seine Großmutter. Mit dabei war stets die sogenannte „Rosa-Tant". Es wiederholte sich jedes Mal ein merkwürdiges Schauspiel. Alfons rannte Stunden vorher aufgeregt durch das Wohnheim und trug dabei die Bibel mit sich herum, aus der er falsch zitierte. Wenn der Sohn dann endlich seiner Mutter gegenüberstand, bekamen beide einen Heulkrampf. Die Rosa-Tant versuchte stets zu beruhigen. Die Schwestern nahmen Alfons in die Mitte und Hand in Hand verschwanden sie in seinem Zimmer. Am Ende jedes Besuches bekam Walter ein Schachtel Katzenzungen.

Wohnen im fünften Stock ohne Lift und regelmäßiger Sex erspart einem das Fitnessstudio, dachte er, als seine Freundin eben die Wohnung verlassen hatte. Walter stieg in die mit heißem Wasser gefüllte Badewanne, spannte verschiedene Muskelpartien an und dachte an Maries Körper. Anfangs kam sein Orgasmus oftmals zu früh. Maries Akzeptanz und Hingabe brachten Vertrauen und verbesserten das Timing. Heute früh trieben sie es rekordverdächtige dreißig Minuten, gratulierte er sich selbst. Wenn nur diese Wochenenden nicht wären, an denen sie spurlos von der Bildfläche verschwand! Und nun war es wieder so weit. Sie hatte angekündigt, auch das kommende Wochenende nicht da zu sein. Gump hatte sich schon mehrmals heftig beschwert, worauf Marie entgegnete, dass sie bei alten Bekannten sei. Menschen, die sie schon sehr lange kenne. Und dass sie das auch so beibehalten möchte. Das gehe ihn eigentlich gar nichts an! Eifersüchtig sein wäre ja lieb und nett, aber sich so dermaßen hineinsteigern?

Wie ein vom Frauchen verstoßener Hund schleicht er um das Mietshaus, in dem Marie wohnt. Nach jeder Runde bleibt er vor dem Eingangsbereich stehen. Kein bisschen angetrunken ist er und drischt dennoch knurrend mit dem Fuß gegen das Tor. Nach den eineinhalb Stunden andauernden Umrundungen schleppt sich Walter müde und verschwitzt nach Hause. Der Zorn auf Marie ist abgearbeitet. Im Stiegenhaus trifft er überraschend auf Georg. Walter erschrickt, als er den dritten Stock erreicht. Am Boden kniet Nachbar Georg, nur mit Unterhose bekleidet. Sein Oberkörper ist übersät mit blauen Flecken. Georg blickt, in einer merkwürdigen Verrenkung, unter die Fußmatte.
„Georg!", sagt Gump etwas zu laut.
Der dreht ruckartig den Kopf in Walters Richtung.
„Warum hast du so viele blaue Flecken?"
„Hab' nicht aufpasst, mit'n Radl g'schmissn, weißt eh... I find meinen Schlüssel nimmer, des ist eigentlich mein Problem."
Walter entdeckt den Schlüssel.
„Steckt im Schloss!".

Georg hört ihn anscheinend nicht, sucht weiterhin den Bereich der Fußmatte ab.
„Oida, i müsst schon dringend schiffn, i brunz gleich in den Blumentopf."
„Der Schlüssel steckt im Schloss!", wiederholt Walter. Nun etwas lauter. Georg blickt zum Türschloss.
Er hilft Georg auf, öffnet die Tür und gibt ihm den Schlüssel. Der torkelt hinein. Walter schließt die Tür.

Die Bilder dieser Begegnung begleiten ihn die ganze Nacht über. Sein Verhalten vor Maries Haus irritiert ihn sehr.
Das bin doch nicht ich.
Aber das war doch auch nicht Georg.

Links vom Kellereingang zu den Proberäumen gab es neuerdings eine Filiale der Kette *Schnitzelland*. Hier trafen sich Mitglieder verschiedener Bands vor und nach den Proben. Sex, Drugs & Rock'n'Roll-Heldengeschichten wurden im *Schnitzelland* gelassen ausposaunt. Die asiatischen Fachkräfte beäugten die fast ausschließlich männliche, meist schwarz gekleidete Kundschaft anfangs misstrauisch. Da die aber Unmengen vom billigen Fraß verschlangen, bekamen die *schwarzen Kellermänner* nach einer Bewährungszeit sogar ab und zu Dosenbier spendiert.
Gump wartete im *Schnitzelland* auf Mattinger. Der brachte überraschender Weise Wunderlich mit. Eine Band hätten sie gegründet. *Die Frisöre*. Eine Band, die Schlager covert, verkündete Mattinger. Gump hörte sich das alles an und fragte, was das jetzt mit ihm zu tun habe. Ach ja, antwortete Mattinger, Port of Souls habe er aufgelöst. Krachrock würde niemanden mehr interessieren. Gump hatte das kommen sehen, war nicht überrascht und ließ das letzte zerkaute Schnitzelstück die Speiseröhre hinunterrutschen. Nach einem Schluck Bier begann er zu erzählen, dass er immer mehr Zeit damit verbringe, elektronische Instrumentalmu-

sik zu basteln und berichtete von seiner neuesten Anschaffung - dem sogenannten Sampler. Wunderlich gratulierte Gump und merkte an, dass The KLF all ihre Hits mit so was produzieren würden, und er gerne mal was hören wolle.

Auf dem Weg in die ehemalige Heimatstadt ging die Zeit wieder einmal rückwärts. In Linz war Gump dreißig, in Wels zwanzig, und als er dann vor dem Siedlungshaus stand, ungefähr sechzehn. Wenn er seine Mutter besuchte, saß da ein hasserfüllter Jugendlicher mit Rachegelüsten. Mit Gerda, der Freundin seines Vaters, verstand er sich ganz gut. Die redete einfach drauflos. Das gab Gump Halt. Alles was Gerda dachte, konnte sie gleichzeitig sagen. Während Gerda erzählte, dass ein Schwimmteich schon auch Nachteile hätte, weil die Nachbarin letztens auf einen Frosch getreten wäre, beobachtete Walter seinen um achtundzwanzig Jahre älteren Vater. Als Gerda meinte, Walter Junior wäre nun aber auch nicht mehr der Jüngste mit seinen fünfunddreißig Jahren, dachte er sich, dass er in ferner Zukunft ungefähr so aussehen würde wie sein Vater jetzt. Großteil der Haare grau. Geheimratsecken. Mächtige Stirnfalten. Schlaffe Haut am Hals.

Stoffel Gump hatte seinen Bruder eingeladen, mit ihm ein paar Gin Tonic zu trinken. Sie stiegen in Stoffels BMW und fuhren los. Bis nach Paris könnten sie jetzt fahren, ohne an einer Grenze anhalten zu müssen, erklärte Walter.
„Scheiß EU! Schildläuse im Joghurt und Verbrechern wird Tür und Tor geöffnet! Sogt da Haider, und der hod Recht!", entgegnete Stoffel.
„Der eine wohnt in Schruns-Tschagguns, der andere in Paris, wie des hoid so is... des sagt der Hader. Kennst den? A wirklicher Kabarettist! Lustiger ois da Haider!"
Es kam keine Reaktion. Stattdessen schob Stoffel eine CD in den Player.

Sie betraten eine Bar am Hauptplatz, bestellten Gin Tonic und rauchten. Stoffel präsentierte stolz seine neuesten Totenkopf-Tattoos, während eine Boygroup aus den Lautsprechern sabberte. Als Stoffels Freundin auftauchte und Walter vorgestellt wurde, bemerkte Gump die Bauchwölbung. Sein Bruder strahlte über das ganze Gesicht. Die Freundin auch.
„Des is Margit! Schau ned so bled."

Zu Halbbruder Max war der Kontakt fast völlig abgebrochen. Walter sah ihn manchmal, wenn er seine Mutter besuchte, und konnte es nur schwer aushalten, weil beide stets bemüht waren, so zu tun, als wäre die Welt nun in Ordnung. Max hatte den Familiennamen seines Erzeugers angenommen.

Im Behindertenheim war Schichtwechsel. Walters Kollege meinte bei der Übergabe, dass dieser Sonntag eher ruhig verlaufen werde, da viele Bewohner das Wochenende bei ihren Familien verbrächten. Außerdem teilte er mit, dass möglicherweise ein Neuer einziehen werde.
„Ein gewisser Erwin wird morgen Vormittag von seinen Eltern vorgestellt. Scheinbar ein Rötelkind."
„Rötelkind?"
„Ja, wenn Frauen während der Schwangerschaft an Röteln erkranken, kommt es manchmal zu Missbildungen."

Walter ließ die geforderte Professionalität komplett vermissen und starrte Erwin entsetzt an. Der 14-jährige hatte einen im Vergleich zu seinem Rumpf großen Kopf und kurze, dünne Extremitäten. Reden konnte er, aber sein Wortschatz war der eines Vierjährigen. Seine Arme hatte er etwas angehoben und angewinkelt. Eine Art Embryonalstellung. Mit offenem Mund und weit aufgerissen Augen stand Erwin zwischen seinen Eltern. Eine Probewoche wurde vereinbart.

Erwin verbrachte die meiste Zeit in seinem Zimmer. Die Vorhänge zugezogen, die Beleuchtung eingeschaltet und merkwürdige Töne von sich gebend. Er saß auf dem Bett und starrte ausdauernd Richtung Deckenlampe. Für Walter sah es so aus, als würde sich Erwin jeden Moment in einen Nachtfalter verwandeln. Alfons Schreiattacken mehrten sich. Wenn Alfons losschrie, lachte Erwin. Nach vier Tagen waren alle mit den Nerven am Ende. Erwin wurde von seinen Eltern wieder abgeholt. Eindringlich schilderte Walter Marie die Vorkommnisse im Heim und sie meinte abermals, er müsse es halt irgendwie schaffen, wenigstens in der Freizeit nicht an das Heim und die Bewohner zu denken. Eine ihrer Freundinnen wäre Psychologin. Die hätte sicher ein paar gute Tipps.

Marie und Walter schauten sich *The Addiction* von Abel Ferrara an und er hatte eine Panikattacke ohne jegliche Vorwarnung. Der Drang, den Saal zu verlassen, war plötzlich groß. Kurzatmig hastete er aufs WC. Körperentleerung. Darm. Blase. Magen. Er wartete vor dem Kino und kam allmählich wieder in einen normalen Zustand. Marie war verwundert, als sie ihn vor dem Kino fand.
„Wieso bist du nicht mehr hineingekommen?"
„So ein scheiß Film!"
„Du hattest wieder so eine Angstattacke, oder?"

Lore, eine langjährige Freundin Maries, arbeitete als Psychologin und beschäftigte sich mit Schlafforschung. Sie und Marie planten eine gemeinsame TV-Doku über das Thema Schlaf und schrieben am Drehbuch. Nach der Arbeit gingen beide manchmal essen oder in eine Bar.
„Setz dich doch ein wenig zu uns, Walter!", sagte Lore. Walter war vor dem Tisch stehen geblieben. Er setzte sich, ein Kellner kam, Walter bestellte ein Bier.
„Schaust müde aus", meinte Marie.

Nach einer kurzen Pause, in der Lore Walter lächelnd fixiert hatte, fragte sie:
„Du arbeitest ja als Behindertenbetreuer. Diese Arbeit ist sicher sehr anstrengend und du machst das ja schon fast seit drei Jahren, oder?"
„Nach einem wollte er aufhören!", warf Marie ein.
Walter blickte missmutig zu Marie und sagte:
„Stimmt. Ist anstrengend...".
„Hast du schon mal was von Burnout gehört?"
„Nein, was soll das sein?"
„Ein extremer Erschöpfungszustand. Bei Ärzten, Pflegepersonal und so kommt das öfter vor. Das ist nicht zu unterschätzen!"
„Und wie äußert sich das?"
„Niedergeschlagenheit, Angstzustände, Panikattacken."
Nach einer kurzen Schweigephase fragte er:
„Und das nennt man Burnout?"

Diese Zustände haben vielleicht was Reinigendes, Kathartisches. Nachher ging es ihm immer prächtig. Das höre sicher von alleine auf, wollte er sagen. Er schwieg. Es war ihm alles sehr peinlich.

Organisch wäre alles in Ordnung, meinte der Internist. Auf anhaltende Herzrhythmusstörungen hatte sich Gump untersuchen lassen. Der Arzt gab ihm, um sicher zu gehen, ein Messgerät mit, das die Herzfrequenz zwei Tage hindurch aufzeichnen sollte. Hundemüde kam er zu Hause an, legte sich aufs Sofa und schlief ein. Um zwei Uhr nachts wurde er durch ein immens lautes Geräusch geweckt. Es klang, als würde die U4 durchs Wohnzimmer rasen. Ein wirrer Traum hatte einen dröhnenden Nachhall. Aus dem toten Winkel drang metallisches Gekreische. Walter bekam panische Angst und riss sich den Gurt des Messgerätes vom Leib. Schweißüberströmt stand er minutenlang neben dem Sofa, bis er registrierte, dass sein Hirn dieses Geräusch produzierte. Ihm wurde kotzübel. Auf dem Weg Richtung WC musste er sich übergeben, konnte aber den ersten Schwall Kotze im Mund bis zur Kloschüssel transportieren. Er leerte seinen Mageninhalt, bis die Würgerei nur mehr Schleim nach oben beförderte. Nachdem er auch Darm und Blase entleert hatte, wurde das Geräusch leiser. Bis es hell wurde, verschwand es. Ein leises Rauschen blieb.

Nach einer kurzen Wartezeit auf der psychologischen Notfallambulanz im AKH wurde Gump in ein Zimmer gebeten, in dem eine Frau saß, die mit einem starken tschechischen Akzent Deutsch sprach. Dr. Grobowitsch stand auf dem Namensschildchen, das am weißen Arztkittel hing. Gump umriss den nächtlichen Vorfall. Grobowitsch fragte nach der familiären und beruflichen Situation. Das berufliche war schnell geschildert. Bei den familiären Verhältnissen wusste er nicht, wo er anfangen sollte.
Die Panikattacken wären Teil einer Erschöpfungsdepression, resümierte sie anschließend und verschrieb ein Antidepressivum der Marke Mutan. Sie riet Gump, eine Therapie zu beginnen.
Lore übermittelte Walter eine Telefonnummer mit dem dringenden Rat, umgehend einen Termin mit Dr. Lauf zu vereinbaren und Mutan regelmäßig zu nehmen. Er tat alles, wie ihm geraten wurde.
Nach zwei Wochen begann sich eine merkwürdige Ruhe in seinem Körper auszubreiten. Der Atemrhythmus und die Bewegungen wurden langsamer. Auf dem Parkettboden liegend betrachtete Gump die Decke des Wohnzimmers. Während ihn das Körpergewicht angenehm auf den Holzboden drückte, zählte er die Risse, die Spinnweben, die dunklen und die hellen Flecken.
Den Kollegen im Heim berichtete er, was passiert war und gab bekannt, dass er kündigen werde. Dr. Grobowitsch und Dr. Lauf hatten ihm nachdrücklich dazu geraten.

Im Büro des I.i.D.-Heimleiters. Gump: „Peter, du weißt eh, dass es für mich natürlich super wäre, wenn die Kündigung auf beidseitigem Einverständnis basieren würde. Dann würde ich eine Abfertigung kriegen."
Der Heimleiter schaute Walter freundlich lächelnd an und sagte: „Burnout, lieber Walter, ist keine anerkannte Krankheit, und deshalb wird es keine Kündigung auf beidseitigem Einverständnis geben, ja, kann es gar nicht geben! Das wäre gesetzlich gar nicht gedeckt."
Der Heimleiter wartete auf eine Reaktion. Es kam keine. Er fuhr fort: „Nicht böse sein, aber es kommen immer wieder welche, die glauben, sie könnten uns mit diesem Trick Geld aus der Tasche ziehen. Da werde ich nicht mitspielen. Tut mir leid!"
Gump stand auf und ging grußlos.

Mutan schnitt die unteren und oberen emotionalen Spitzen weg. Der große Wirrwarr im Kopf war gedämpft. Seit langem hatte Walter Gump wieder eine gewisse Kontrolle über seine Gedankenwelt. Im Beisein der Therapeutin konnte er sich mit bestimmten Geschehnissen intensiver auseinandersetzen, ohne befürchten zu müssen, dass alles um ihn herum einstürzt.

Marie und Walter saßen schweigend auf der Couch und starrten auf den Fernseher. Hand in Hand, wie um sich zu vergewissern, dass der andere eh noch da ist. Sexuell lief nichts mehr. Marie schaltete den Fernseher aus.
„Was sollen wir denn machen, Walter? Ich halt das nicht mehr aus!", sagte sie und bekam glasige Augen.
„Wird schon wieder", sagte er hilflos.
„Du weißt ganz genau, dass das nie mehr so wird wie vorher, mit diesen scheiß Tabletten!"
„Hoffentlich", dachte Gump.
An besseren Tagen ging er abends in irgendein Wirtshaus,

möglichst nichts Szenemäßiges, ohne Musikbeschallung. Erst nachdem er die Wirtshausatmosphäre einigermaßen ertrug, wagte er sich ins *Schnitzelland* oder in den Proberaum. An richtig guten Tagen sogar ins *Luxus*, dem neuen Club am Rand der Innenstadt. Das *Luxus* war in eine ehemalige U-Bahn-Garage gebaut worden. Die unter der Bühne eingemauerten Subbasshörner bliesen einen wahren Basssturm in die Halle. Jungle oder Drum&Bass nannte sich der neueste heiße Scheiß. So oft es ging, ließ er sich „massieren".

4 | **Timing**

Eine Laune wie vorher ohne Antidepressiva! Warum überhaupt noch welche nehmen? Walter holte eine Tablette aus der Packung und starrte diese an. Alpträume, Schlafparalyse, Libidoverlust, Verdauungsprobleme. Die angekündigten Nebenwirkungen waren verlässlich eingetreten.

„Was soll die Hauptwirkung sein?", brummte er und nippte am Kaffee. Die Tatsache, dass seit längerem keine Panikattacken mehr aufgetreten waren, verdrängte er. Diese zunehmende Passivität! Im *Schnitzelland*, bei der aufgedrehten Kollegenrunde, verstummte er fast gänzlich.

„Die reden alle so viel und so schnell!", bedauerte er sich selbst. Ein paar der Musiker interpretierten Gumps Verhalten als Einladung, die Nahrungskette neu zu ordnen. Wenn der Kellner kam, bestellten alle vor Gump. Also: weniger Mutan, mehr Schlagfertigkeit? Er biss die Tablette in zwei Teile.

Sport vertreibt negative Gedanken, gibt Energie. Je mehr desto besser. Ratschläge aus der Selbsthilfegruppe. Und so trabte er wieder einmal durch den Park. Nach zehn Minuten verspürte er Seitenstechen. Die restliche Strecke wurde im Schritttempo absolviert. Auf dem Weg nach Hause klaute er sämtliche Sonntagszeitungen. Die waren voll von apokalyptischen Berichten über den Y2K-Bug und die bevorstehende Sonnenfinsternis.

Auch zur prognostizierten Verdunkelungszeit joggte er durch den Park. Nach den ersten paar hundert Metern stellte er fest, dass die einzelnen Körperteile, gut aufeinander abgestimmt, mühelos ihr Werk taten. Es lief wie von selbst. Hatte die Schwerkraft nachgelassen? Es brummte aus dem wohltemperierten Gumpschen Körper.

Vor der Gloriette blieb er stehen. Gerade rechtzeitig, denn der bleiche Mond drängte sich vor die glühende Kugel. Fast

alle Parkbesucher starrten mit den extra für dieses Ereignis erworbenen Spezialbrillen gen Himmel. Für eine Minute wurde es düster, kurz schien alles bewegungslos. Stille. Das Wort *Transzendenz* kam Gump in den Sinn. Er wusste nicht genau, was es bedeutet. Irgendwas mit Durchlässigkeit. Auflösung. Körperlosigkeit.
Als die Sonne wieder zum Vorschein kam, wurden die Brillen eingepackt, die Stative abgebaut, und alles war wie vorher. Er lief Richtung Ausgang. Es wird ohne Tabletten gehen, wusste er jetzt. *Go with the flow,* wie die Hip-Hopper sagten. Rapmusik gefiel Gump nicht besonders. Zu wenig Musik, zu viel Blabla. Diesen einen Satz fand er allerdings nicht so schlecht: *Go with the flow. Go with the flow. Go with the flow, yo.*

Seit gut einem Jahr nahm er Antidepressiva, besuchte regelmäßig die Therapeutin, ging zur Selbsthilfegruppe und rannte beinahe täglich durch den Schlosspark.
Es kam vor, dass sich Gump erst vor dem Schlafengehen unter die Dusche stellte. Die Gerüche, die der ungewaschene Körper ausströmte, erinnerten ihn an Sex mit Marie. Wie die Trennung wohl ohne Antidepressiva abgelaufen wäre, fragte er sich.

Der Trompeter Rudi Glamur rief im Auftrag des Schlagzeugers Emil Busch an und fragte Gump, ob sie nicht eine Band gründen sollten. Gump kannte beide aus dem *Schnitzelland*. Glamur arbeitete als Krankenpfleger und Busch hatte kurz an der Wirtschaftsuniversität studiert. Beide waren seit Jahren fixe Bestandteile der Musikszene. Gump sagte zu, obwohl ihm Busch nicht sehr sympathisch war. Und so trafen sie sich ab nun einmal in der Woche im Proberaum.
Glamur litt unter starken Haarausfall und rasierte sich regelmäßig den Rest der ehemaligen Haarpracht weg. Ein wenig ähnelte er Telly Savalas. Busch hatte schwarzes, krauses

Haar. Stolz trug er seinen Afro, den er als Euro bezeichnete, und behauptete stets, er hätte afrikanische Vorfahren. Seine helle Haut untermauerte diese Behauptung nicht unbedingt. Manchmal nannten sie ihn *Geheimrat Busch* oder *Buschdoktor*, denn er verbreitete oft Informationen, ohne die Quelle zu verraten. So war Busch überzeugt, dass *Socialising* mindestens genauso wichtig für den zukünftigen *Fame* und das zu erwartende Business sei, wie die paar Töne, die da komponiert werden mussten. Der für das Komponieren zuständige Gump fragte, ob man so was auf der WU lernt. Glamur kicherte, während Busch wortreich versuchte, seine Thesen zu untermauern. Aber im Grunde müsse man darüber gar nicht reden. Nach den Proben wurden regelmäßig die Szene-Beisln abgeklappert. *XXX* tauften sie ihre Band. Gumps Vorschlag - Selbsthilfegruppe - wurde nicht angenommen.
Die Subkulturszene der Hauptstadt war zwar mittlerweile gewachsen, aber immer noch von überschaubarer Größe. Außer der *Black Box*, dem *Luxus*, dem *Schikaneder* und dem *Chelsea* war seit kurzem das *Rhiz* ein guter Ort, um Socialising zu betreiben. Wenn sie gefragt wurden, welche Musik *XXX* vom Stil her spielen würde, erklärte Busch, dass es sich um eine anspruchsvolle Unterhaltungsband handle. Ein wilder Stilmix wäre ihr Stil. Denn genug Platz zwischen den Stühlen wäre ja.
Etwas später kam ein Vierter zur Band, Manfred Troll, ein Multiinstrumentalist. Es blieb allerdings bei den drei X. Der lange dürre Mann hatte Bass, Jazz-Komposition und Arrangement studiert und sich das Saxofon- und Klarinette-Spielen selbst beigebracht. Seine Statur erinnerte an Giacometti-Figuren. Busch, Glamur und Troll kannten sich aus anderen Band-Konstellationen und hatten so gewisse Kommunikationscodes im Umgang miteinander entwickelt. An manchen Tagen gab es kaum ironiebefreite Sätze. Für Gump ließ sich nicht immer genau ausmachen, wann was ernst gemeint

war und wann nicht. Während er über launige Einschübe nachdachte, waren die drei schon beim nächsten Thema. Wenn er nachfragte, weil es ihm wichtig erschien, bekam Gump sinnbefreite Antworten serviert. Aber was soll's, beruhigte er sich, Künstler sind halt so. Grenzenlos in allem. Und so beschloss er, auf seine Art mitzuspielen. Wenn schon grenzenlos, dann in alle Richtungen. Quasi Ausweitung der kommunikationstherapeutischen Kampfzone. Der ständigen Ironie seiner Kollegen begegnete Gump mit trockener Ernsthaftigkeit. Gegen Neuzugang Troll schoss er die eine oder andere Spitze. Er solle den Bass doch etwas tiefer hängen, so in Hüftgegend, das würde dem akademischen Spiel etwas mehr Eier verleihen.

Den Weltuntergang anlässlich der Jahrtausendwende wollte er weder mit seinen Musikerkollegen noch allein erleben müssen, und so wählte Gump für die angekündigte Tragödie das Burgtheater, um gegebenenfalls doch im Beisein anderer zu sterben. *Glaube. Liebe. Alkohol*. So stand es auf dem Plakat. Das klang vielversprechend. Nach einer Aneinanderreihung grotesker Szenen betrat kurz vor Mitternacht ein Schauspieler die Bühne, betrachtete minutenlang seine Armbanduhr und murmelte eher teilnahmslos:
„So, hätt' ma des a g'schofft!"

Gump fühlte sich gut, sehr gut sogar, und so setzte er Mutan komplett ab. Die Alpträume wurden weniger, die Schlafparalyse verschwand, müde war er auch nicht mehr so oft und es sammelte sich ab und an wieder Blut im Schwellkörper.
„Ich bin fit wie eine Adidas-Hose, und wenn mir wer mit dem Arsch ins Gesicht springt, deute ich das sicher nicht mehr als Zuneigung!", pushte er sich selbst, während er den rechten Oberarmmuskel anspannte. Etwas enttäuscht betrachtete er das Ergebnis im Spiegel.

Mit *XXX* ging es steil bergauf. Sechs, sieben Konzerte monatlich waren keine Seltenheit. Lampenfieber verspürte Gump immer noch, aber er musste vor einem Auftritt nicht mehr speiben. Da immer öfter Besucher verwundert feststellten, dass es keine CDs gab, wurde die Produktion eines Albums angedacht. Glamur fand einen geeigneten Mann in seinem Bekanntenkreis.
„Der Fussnig mochd des, der is supa und billig!"

Der blonde langhaarige Typ hatte sich in den Lagerräumen einer ehemaligen Lederfabrik am südlichen Rand von Villach ein Tonstudio gebaut. Fussnig meinte, er sei eh noch am Ausprobieren, preisliches Entgegenkommen wäre deshalb kein Problem. Die *XXX*-Mitglieder luden ihr Equipment in zwei Autos und fuhren nach Villach. M.V. Donner, der Tontechniker, der von Anfang an für den Live-Sound verantwortlich war, fuhr auch mit. Er sollte das Album abschließend mastern und deshalb schon bei den Aufnahmen anwesend sein. Stunden der Wahrheitsfindung standen bevor, denn Musik, die durch die Live-Situation aufgeladen wird und dadurch spannend klingt, kann im Studio verflachen. Aufnahme, Arrangement, Mischung. Zwei Wochen Zeit. Täglich zehn, zwölf Stunden Arbeit. Stundenlange Lautstärken- und Frequenz-Abstimmungen. Manche Stücke mischten und arrangierten sich wie von selbst, bei anderen spießte es sich. Nach zehn Tagen blieb von der anfänglichen Euphorie kaum was über. Gump mochte einige Saxofon-Solos nicht, daraufhin meinte Troll, dass in manchen Stücken zu viel Gitarre sei. Schlagzeuger Busch feilschte energisch um jedes Dezibel an Lautstärke für das von ihm gespielte Instrument. Er fand es nicht gut, dass „seine" Band Testpilot für einen eher unerfahrenen Studiobesitzer sein sollte. Er wäre professionelles Arbeiten gewöhnt. Fussnig und Donner behielten den Überblick und schritten regelmäßig ein, wenn sich die *XXX*-Mitglieder gegenseitig aus den Stücken

drängen wollten. Glamur tauchte, nachdem er seine Parts eingespielt und gesungen hatte, kaum mehr im Studio auf. Die Rangeleien, die immer öfter der ansonsten eher stille Gump auslöste, nervten Glamur und erhöhten Buschs Keppelfrequenz. Der Schlagzeuger versuchte, sich mit Troll abzustimmen, um effektiver gegen Gump anzukommen. Die Reaktionen der Kollegen feuerten Walter Gump an. Das Ausweiten der Kampfzone machte Spaß. Breitbeinig stand er vor dem Mischpult. Gumps Kompositionen machten schlussendlich einen Großteil der sich auf dem Album befindlichen Stücke aus.
Das Ganze wirkte ungestüm und roh. Auf Grund der immer größer werdenden Konkurrenzsituation im Laufe der Produktion klangen manche Stücke, als würden sie gleich explodieren wollen. Musik ohne konkreten Stil, aber voller Emotion, Energie und Dynamik.

Zufrieden lag Walter auf der Couch, lauschte dem Rohmix und betrachtete sein Equipment. Sein Homestudio. Neben dem Arbeitstisch stand der Computer mit Musik-Produktions-Soft- und Hardware. Am Tisch zwei Monitore, der Sampler, verschiedene Synthesizer, Drumcomputer, Effektgeräte und Mischpult. Im Schlafzimmer standen Gesangsmikrofon und Gitarrenverstärker. An der Wand hingen fünf Gitarren und ein Bass. Kreuz und quer durch die Wohnung waren Kabel verlegt. Vor kurzem hatte ein Mitarbeiter der Post ein Modem installiert. Schöne neue Künstlerwelt. In einer Ablage unter dem Arbeitstisch lagen Rechnungen, Honorarnoten, Briefe vom Finanzamt, der Bank, von den Verwertungsgesellschaften und den Kunstfördereinrichtungen. Zeitungsausschnitte sammelte er nicht ohne Stolz in einem Ordner.

Der Gesprächsfokus der noch immer regelmäßig stattfindenden Sitzungen mit Dr. Lauf verlagerte sich mehr und mehr weg von der Familie in Richtung Bandkollegen.

Der Bühnenmittelpunkt sei eindeutig Rudi Glamur, schilderte Gump. Ihm sei das nur recht, antwortete er, als Dr. Lauf fragte, ob ihn dieser Umstand ärgere. Der Frontman bekomme halt schon mehr Sound-Monitore und mehr Scheinwerfer, aber egal, Glamur liefere die Show, die die Besucher sehen wollen. Unermüdlich serviere Glamur Verrenkungen und Grimassen, bis ihm der Schweiß über die Glatze rinne.

„Selber schreiben kann er halt nichts, der Herr Glamur, aber ein guter Interpret ist er! Und eine rücksichtslose Rampensau! Weil wenn ich dann ein Stück singe, schauen alle trotzdem zu ihm, weil er sich einfach nicht zurücknimmt."

„Aha. Was ist denn mit den anderen beiden? Welche Rolle spielen die?"

„Busch glaubt, er ist der Chef", antwortete er, „und kurioserweise hat auch keiner was dagegen außer mir. Und der Troll ist der Schmähführer, der sich's mit jedem richtet. Verbiegt sich in alle Richtungen. Musikalisch top, ein wenig altmodisch vielleicht, typisch Konservatorium. Aber ja, läuft eh... so ungefähr war's geplant. Und dass ich's nicht vergesse: In letzter Zeit hab' ich keine Tabletten mehr genommen... ich glaub', es geht auch ohne... ich brauch' Energie!"

„Das habe ich schon vermutet. Na, wie Sie meinen, Herr Gump. Ich kann Sie nicht dazu verpflichten, ich kann Ihnen nur empfehlen, die Tabletten auch weiterhin zu nehmen. Sie sind noch nicht über den Berg. Am besten reden Sie mit Frau Dr. Grobowitsch. Im Endeffekt entscheidet sie das. Was sagt eigentlich Ihre Familie zu Ihrem Musiker-Dasein?"

„Nicht viel... nur meinem Bruder imponiert das irgendwie, so richtig geäußert hat er sich aber auch nicht... er steht mehr auf Metal und so Zeug."

„Wie ist Ihr Verhältnis jetzt zu Ihren Brüdern?"

„Halbbruder Max sehe ich kaum. Aber ich hab's geschafft, dass unser Vater Trauzeuge bei Stoffels Hochzeit war."

„Wieso geschafft?"

„Na ja, ursprünglich hat sich der Vater geweigert. Er wollte bei der Hochzeit nicht dabei sein, er hat sich davor gefürchtet, weil da ja die Familie gemeinsam an einem Ort versammelt ist. Aber ich war Stoffel das irgendwie schuldig. Ich habe ihm früher nämlich nie geholfen, als er noch regelmäßig von der Mutter Prügel bekommen hat. Ich hätte ihn vor der Mutter beschützen müssen. Aber ich war halt auch nur froh, dass es ab einem gewissen Zeitpunkt für mich selber keine Prügel mehr gab."
„Der Schutz der Kinder ist die Aufgabe der Erwachsenen", antwortete Dr. Lauf lapidar. „Da haben Ihre Eltern leider total versagt. Das ist nicht Ihre Schuld!"

Gumps neuester Plan für den Umgang mit den Mitmenschen: abwarten und dann angemessen reagieren. Quasi Aug um Aug, Zahn um Zahn. Denn so konnte sich niemand ernsthaft beschweren, er zeigte ja nur das emotionale Spiegelbild. Mit zornigen, aggressiven Menschen tat er sich leicht. Freundlichen Menschen selbst freundlich und gelassen gegenüber zu treten, war da schon schwieriger. Je freundlicher einer auftritt, desto mehr hat er zu verbergen, war Gump überzeugt. Das Vertrauen zu sich selbst und gegenüber anderen war noch immer nicht sehr groß. Seinen aufbrausenden Zynismus konnte er nicht immer rechtzeitig bremsen. Es kam vor, dass Worte Gumps Mund verließen, die beleidigend und empathielos wirkten.

Er hob den Hörer, vernahm die Stimme des Vaters. Statt einer Begrüßung gab es Vorwürfe. Nur wenn er was brauche, würde sich der Herr Sohn melden. So einen schönen Beruf hätte er gelernt und jetzt Musiker? Der überrumpelte *Herr Sohn* hielt beschwichtigend dagegen und erzählte von einer bevorstehenden Testtour durch Deutschland, sowie von den Aufnahmen in Kärnten, der Steuernummer als selbstständiger Künstler und dem ohne Schulden finanzierten Homestudio. Das anschließende eher ungläubige Aha des Vaters deutete der Sohn als Anerkennung. Den Tipp, es wenigstens mit Hansi Hinterseer oder DJ-Ötzi-Musik zu versuchen, ignorierte er und berichtete von Konzertanfragen mittelgroßer Festivals. Vor zwei Monaten haben wir vor 3.000 Zuschauern gespielt. Jetzt entstand eine längere Pause, dann wiederholte der Vater ungläubig die Zahl und fragte, wie hoch die Gage gewesen sei. Jeder 500 Euro, antwortete der Sohn. Das wäre ja angesichts der Zuschauermenge gar nichts. Beschiss. Von hinten und von vorne. Der Sohn rechnete dem Vater vor, dass er im Monat, wenn sie zehn Konzerte spielen würden, 5.000 verdienen könnte. Also 70.000 in Schillingen! „Ja, brutto", sagte der Vater, als hätte dieser seinen Sohn bei einer Lüge ertappt. Dass dieser Euro sowieso der größte Blödsinn sei, schickte das Familienoberhaupt im Triumph hinterher. Abschließend verlangte der Senior vom Junior, dass dieser wieder einmal nach Hause kommen solle.

Nachdem Walter Gump eine Runde in der Heimatstadt gedreht hatte und sich wunderte, wie man hier ein ganzes Leben verbringen kann, schlenderte er an der Jahnturnhalle vorbei retour Richtung Siedlung. Die vier schmiedeeisernen F-Buchstaben (Frisch. Fromm. Fröhlich. Frei), die lang an der Vorderseite in Kreuzform angebracht prunkten, waren verschwunden. Walter wunderte sich, denn gerade jetzt würde das doch gut passen. Die FPÖ veranstaltete in der Halle ihre Aschermittwoch-Treffen, wie der alte Gump stolz berichtete. Das Fernsehen wäre auch regelmäßig da. Sogar aus dem Ausland. Jörg Haider. Endlich wieder einmal einer, der sich was zu sagen traut. Der das einfache Volk versteht. Es diesen Großkopferten in Wien und Brüssel hineinsagt. Wieder für Ordnung und Sicherheit sorgen will, in einer Welt voller Gefahren und Ungerechtigkeit. Lustig und sympathisch sei er außerdem. Einmalig der Witz mit diesem Ariel Muzicant und dem Dreck am Stecken.

Walters Vater besuchte die Aschermittwoch-Veranstaltung allerdings nicht. Menschenansammlungen mied er, auch die von Gleichgesinnten. Gerda wäre gern hingegangen. Wenn schon nicht Kino oder Kegelscheiben, so wenigstens das.
Seit einem halben Jahr war der alte Gump in Pension und wusste nicht so recht, was er mit sich anfangen sollte. Wie es mit einem Hobby wäre, fragte der Sohn. Der Vater wiegelte ab. Ein Hobby hätte er noch nie gebraucht. Außerdem, am Haus und im Garten müsse eh immer wieder was gemacht werden. Auch Gerda konnte ihren Lebensgefährten kaum zu Vergnügungen motivieren. Aber nach Teneriffa würden sie heuer fliegen, merkte sie an. Zwei Wochen. Hofer-Reisen, supergünstig.

Die *XXX*-Testtour durch Deutschland fing gar nicht gut an. Nach dem ersten Konzert in München wollten sie schon gar nicht mehr weiter. Vier Zahlende waren gekommen. Als die Band die Bühne betrat, war es still.
„Sie hören eine Coverversion des Stückes 4'33 von John Cage", sagte Gump. Weil niemand lachte, drückte Busch auf die Playtaste des DAT-Recorders und startete den Playbacksound. Nach dem letzten Stück zählte Gump fünfzehn Besucher.
„Besucheranzahl fast vervierfacht!", berichtete er der Dame der Booking-Agentur, als diese am nächsten Tag in der Pension, in der sie übernachtet hatten, anrief. Sie sollten sich von dem Münchner *Schnöselverein* nicht verunsichern lassen und weiter nach Konstanz fahren. Zum zweiten Gig der Tour.
Venue: eine umgebaute Kirche. Dreiviertel voll. Unruhig wie Rennpferde vor dem Start betrat *XXX* die Bühne, die vor dem Altar aufgebaut war, sie begrüßten feixend die Zuschauer und agierten eine Stunde mit Energie und Hingabe.

Vier Zugaben wurden verlangt. Nach weiteren sehr unterschiedlich besuchten Konzerten spielten sie in Rostock. Der Auftrittsort war ein Schiff, das im Hafen vor Anker lag. Vor dem Konzert wies M.V. Donner, der Tontechniker, Gump darauf hin, dass der Schiffsraum circa drei Meter unter Wasser liegen würde und überreichte ihm einen großzügig dosierten Joint.
„Jeden Subbasston trägt es meilenweit ins Meer hinaus, Oida!"
Diese Ankündigung beschäftigte Gump das ganze Konzert über. Er konnte an nichts anderes mehr denken. Musik für tausende Meeresbewohner. Der Autopilot und das Playback steuerten den Gitarristen durch die Show.
Im brechend vollen Dresdner EV-Vereinssaal, der letzten Station der Tour, verlor Gump abermals die Kontrolle. Diesmal ohne THC-Einfluss. Irgendwie fühlte er sich bedrängt und bekam das Bedürfnis, von der Bühne zu verschwinden. Gumps Körper blieb wie angewurzelt stehen, während er gedanklich immer mehr Richtung Backstage verschwand. Der Zerrissene bellte den Text ins Mikrofon und schlug sich dabei immer wieder mit der Faust auf die Brust. Den Leuten gefiel die Darbietung. Seine Versuche, die Fluchtgedanken zu vertreiben, wurden bejubelt. Vollgekiffte Witzfigur nannte der Schlagzeuger ihn.

Um vier Uhr früh trieb eine Panikattacke Gump durch Wien. Wieder konnte er zehnfach so gut riechen und auch noch so leise Geräusche wahrnehmen. Alles war auf höchste Empfindlichkeit gedreht. Schnelles Gehen bringt Linderung. Schnelles Gehen bringt Ablenkung. Nach ungefähr eineinhalbstündiger Wanderung stand er vor einem unfertigen Hochhaus in Floridsdorf. *Eltern haften für ihre Kinder* stand auf dem Schild und daneben war ein großes Loch im Zaun. Das Hochhaus hatte noch keine Türen und Fenster. Ganz oben sah Gump das Bäumchen, das die Bauarbeiter aufstellen, wenn die Dach-

gleiche erreicht ist. Sonntag, keine Arbeiter weit und breit. „Sollen sie doch meine Eltern verhaften", murmelte Walter und kletterte durch das Loch. Die aufgehende Sonne und ein kräftiger Wind sorgten für eine schön-schaurige Stimmung im Rohbau. Ein Lift war eingebaut und zu Walters Verwunderung begann der Druckknopf grün zu leuchten, als er mit dem Daumen dagegen presste. Etwas später ging die Lifttüre auf. Er trat ein, drückte auf den DG-Knopf und los ging die Reise. Nach dem Bremsmanöver, dass sich über mehrere Etagen hinzog, ging die Tür auf. Der Wind erzeugte merkwürdige Töne. Über eine Stiege gelangte Walter auf das Flachdach. Die Panikattacke hatte er mehr oder weniger überwunden. Durch die noch tief stehende Sonne warf der über hundert Meter hohe Turm einen Schatten fast bis zur Neuen Donau. Flussaufwärts konnte Gump Klosterneuburg ausmachen, auf der anderen Seite das Gänsehäufel. Walter formte mit den Händen einen Schallverstärker und brüllte irgendetwas in die Gegend. Die rotweißen Plastikbänder am Dachgleichen-Bäumchen flatterten waagrecht im Wind. Walter stand am Rand und schaute hinunter. An Selbstmord hatte er nie ernsthaft gedacht. Wenn schon, schien ihm Erschießen die heldenhaftere Möglichkeit. Eine Kugel in den Kopf und aus. Verabschiedung mit einem lauten Knall. Hinterlässt eine riesige Sauerei, geht aber schnell. Wie lange würde es dauern, bis der Körper unten aufschlägt? Bekommt man den Flug mit? Kann man das Fliegen nennen?
Ein Auto bog in das Baustellengelände ein und parkte. Drei Leute stiegen aus und marschierten Richtung Eingang. Walter ging die Treppe hinunter zum Lift und musste feststellen, dass der Lift besetzt war. Waren die wegen ihm da? Er rannte die Feuertreppe abwärts. Nach fünf oder sechs Stockwerken stoppte er. Die Rufknöpfe des Lifts leuchteten nicht mehr, also waren sie ausgestiegen. Walter lief weiter Stockwerk für Stockwerk hinunter. In der fünfzehnten Etage blickte er aus einem der fensterlosen Rechtecke, das Auto stand noch da.

Wenn sie ganz oben wären und er mit dem Lift fahren würde, erwischten sie ihn nicht, motivierte er sich und drückte auf den Rufknopf. Der begann zu leuchten und kurze Zeit später ging die Tür auf. Niemand drinnen. Die Kabine brachte Gump im Eiltempo ins Erdgeschoß. Mit dem Finger schrieb er das Wort Arschlöcher auf die staubige Motorhaube.

Der Patient, der keiner mehr sein wollte, hatte der Frau Doktor Grobowitsch gestanden, dass er das verschriebene Medikament nicht mehr nimmt. Sie blickte verärgert über den Rand ihrer Lesebrille. Kleinlaut startete Gump Besänftigungsversuche. Es gehe ihm nach einer Panikattacke viel besser als vorher. Das hätte vielleicht etwas Reinigendes. Als Künstler müsse er sich auf körperliche Phänomene solcher Art bis zu einem gewissen Grad einlassen. Transzendenz und so... Doktor Grobowitsch stoppte per Handzeichen das Gemurmel des Patienten.

„Der Grund für Ihre Panikattacken sind traumatische Begebenheiten aus der Vergangenheit. Das Medikament soll Ihnen dabei helfen, sich mit diesen Begebenheiten auseinanderzusetzen. Aber bitte, wenn Sie für Ihre Kunst so etwas brauchen, beenden Sie die Therapie und lassen Sie sich von Panikattacken durch die Gegend jagen. Aber beanspruchen Sie bitte dann nicht mehr meine kostbare Zeit. Bis zum nächsten Mal können Sie sich das überlegen!", sagte sie, diesmal akzentfrei. Als Gump die Türklinke schon in der Hand hatte, schickte sie nach:

„Das Loch, in das man fällt, ist in einem selber. Und in Ihrem ist noch jede Menge Mist, der da so vor sich hin gärt. Wie in einem Silo. Verstehen Sie? Wenn der Bauer die Ratschläge außer Acht lässt, kann er darin ersticken."

Gump nahm darauf doch wieder eine halbe Mutan täglich und betrat die Bühnen der Welt schaumgebremster. Auf Menschen, die die Ursachen der psychischen Berg- und

Talfahrten nicht kannten, wirkte sein Verhalten merkwürdig bis verstörend. Manche vermuteten, Gump würde absichtlich übertreiben, um sich als schräge Kunstfigur in Szene zu setzten. Das engere Umfeld über den Zustand aufzuklären, schaffte er nicht. Die zurechtgelegten Sätze blieben im Hals stecken.

Im Anschluss an ein Konzert in Klagenfurt lernte Walter Manu kennen. Sie kam auf ihn zu und fragte, warum er auf der Bühne fast die ganze Zeit mit dem Rücken zum Publikum stehen würde. So schlecht würde er ja gar nicht aussehen. Um sich besser konzentrieren zu können, und außerdem wäre er ja nicht der Frontman, sondern der Wasserträger, erklärte Walter der freundlich lächelnden Frau Anfang Zwanzig. Als Gump erfuhr, dass sie Soziologie studiere, erzählte er von seiner Theorie, nach der die Besatzungssoldaten, die nach Ende des Zweiten Weltkrieges fünf Jahre die Kontrolle in Österreich übernommen hatten, in den Bundesländern einen noch bis heute spürbaren Eindruck in der Bevölkerung hinterlassen hätten. Denn wenn man durch ländliche Gebiete in Niederösterreich oder Burgenland fahre, könne man glauben, die Russen wären immer noch anwesend. Das fand Manu nicht uninteressant. Walter taute auf, setzte nach und erläuterte, dass die Amerikaner in einem gewissen Teil der Bevölkerung Oberösterreichs eine Coolness hinterlassen hätten, die man ja an ihm unzweifelhaft erkennen könne. Um die Aufmerksamkeit der hübschen Frau weiter zu befeuern, fragte er, ob denn die schelmische Art der Kärntner möglicherweise was mit den Briten zu tun habe.

Sie war auf Partnersuche und Walter ab nun einer der Kandidaten. Da Manu in Wien studierte, trafen sie sich regelmäßig. Endlich schaffte es wieder jemand, so etwas wie Euphorie in Gump in Gang zu setzen. Trotz Mutan. Mit Manu und deren Freundin Rose konnte er stundenlang Sinnliches und Sinnloses aneinanderreihen. Nach jedem Satz hatte er gleich fünf weitere parat. Manu erzählte, dass eine ihrer zwei Schwestern für den 1994 verstorbenen Dramatiker Werner Schwab schwärmen würde.

„Schwabschwärmen für das, was der geschrieben hat, oder für die Person Schwab Ananas und Pfirsich?", fragte Gump, der eine nach der anderen rauchte und die ersten drei Gin Tonics mehr oder weniger ex in sich hineinschüttete.

„Natürlich eher Ananas und Pfirsich, Gump! In letzter Zeit hat sie ständig ein Foto mit, auf dem er brennt!"

„Heißer Schwab!"

„Genau! Zitieren kann ihn Karla auch: *Wir sind in die Welt gevögelt und können nicht fliegen.*"

„Sehr schön! Der bayerische Filmemacher Herbert Achternbusch meint allerdings: *Waunsd vögln kaunsd, daun kaunsd a fliang!*", sagte Gump und bestellte den nächsten Drink.

„Guter Mann! Muss ich Karla sagen. Die schleicht manchmal sogar am Yppenplatz herum, weil der Schwab da mal gewohnt hat!", ergänzte Rose, die nicht Rose hieß. Das war ihr Spitzname. Englisch ausgesprochen.

„Genau, die Karla hat letztens überhaupt die Idee g'habt, dass wir eine Performance-Gruppe gründen sollten… eine feministische natürlich!", sagte Manu, streckte die linke Faust in die Höhe und winkte gleichzeitig Richtung Eingang. Otto M. Schonung betrat soeben das Schikaneder. Der hatte sich in kürzester Zeit zu einem der einflussreichsten Musikjournalisten der Stadt hochgearbeitet. Er steuerte auf den Tisch zu, an dem Walter und die beiden Frauen saßen. Der manchmal sehr polemische Kulturkritiker setzte sich, ohne zu fragen. Die Damen waren entzückt. Die Fokusverschiebung verunsicherte Gump. Erst als Schonung sagte, dass er sich auf das *XXX*-Album freuen würde, weil Live sei das ja schon sehr irrwitzig und kräftig, wurde Gumps Laune besser und er schlug vor, dass alle nach der Sperrstunde mit zu ihm kommen sollten. Manu und Rose willigten ein. Schonung war mit anderen verabredet.

„Der Otto ist auch hinter der Karla her", sagte Rose, während Walter Weißwein in die Gläser verteilte.
„Ja, meine Schwestern sind heiß begehrt! Musst erst mal Kabul kennenlernen!"
„Kabul? Heißt die wirklich so?"
„Natürlich heißt sie Kabul, wie Rose eben Rose heißt! Hast du keinen Spitznamen, Forrest?"
„Eigentlich nicht… früher schon, naja, nicht der Rede wert!"
„Wie langweilig."
Nachdem sich Rose auf die Couch gelegt hatte, gingen Walter und Manu in die Küche. Walter erzählte von den Aufnahmen, der Labelsuche. Die kürzliche *Epileptischer-Anfall-Performance* im *Bach* schilderte er ausführlich.
„Wenn das Karla erfährt! Du könntest ja mal bei uns mitmachen… vorausgesetzt natürlich, du bist ein Feminist!", meinte Manu.
„Ich bin Feminist der ersten Stunde, praktisch Gründungsmitglied!", sagte Walter und lachte die schöne Manu an, die ein wenig aussah wie Twiggy mit ein paar Kilo mehr. Draußen wurde es hell. Rose wachte auf und setzte sie sich zu ihnen in die Küche. Walter kochte Kaffee.

Der *Luxus*-Geschäftsführer gestattete der Band, die fertig produzierten Stücke im Saal Probe zu hören. Die Idee dahinter: Mischung und Mastering auf ihre Tauglichkeit hin zu prüfen.
Die Musik donnerte in den leeren Club und Walters Synapsen explodierten farbenprächtig. Er war sich sicher, dass sofort ein Label anbeißen würde, ja musste. M.V. Donner massierte zufrieden sein Kinn. Glamur war nicht dabei. Troll wippte mit einem Bein. Immerhin. Busch stand stocksteif

da, die Arme verschränkt. Der Geschäftsführer spendierte der Band Vodka-Redbull-Drinks und meinte, dass einer Präsentation im *Luxus* nichts im Weg stünde.

Demo-CDs wurden verschickt. Lange tat sich nichts, bis Andreas Brandner vom Heinzl-Vertrieb & Maus-Tonwaren Interesse zeigte. Mit Maus/Heinzl war alles schnell unter Dach und Fach. Ein Terminplan wurde erarbeitet. Wenn alles zügig voranginge, wäre es sinnvoll, die Sommerfestivals zu beschicken. In die Schweiz hätte er gute Kontakte, meinte Brandner.
Es gab kaum schlechte Kritiken. Das Interesse an der Band stieg. Dann kam, für alle überraschend, eine Einladung aus Montreux zum berühmten Jazzfestival. Das sprach sich herum in der Szene. Nun wurden viele Hände geschüttelt und Schultern geklopft. Den Labelbetreibern, die das *XXX*-Album mit „Das ist aber schon seltsame Musik, nicht Fisch nicht Fleisch - wer soll das kaufen?" kritisiert hatten, begegnete Gump, auch wenn sie jetzt noch so freundlich grinsten, abweisend.

Je näher sie Montreux kamen, desto ruhiger wurde es im Bus. Beim Passieren des Ortsschildes summte einer die Melodie von *Smoke on the Water*. Eine Festivalmitarbeiterin begleitete *XXX* und Anhang in den Keller des eher hässlichen, mehrstöckigen Festivalgebäudes. „Hier befindet sich das Jazz-Pub", kündigte sie an und öffnete eine Doppeltür. Sie blickten etwas verdutzt in einen Saal, in dem für ungefähr 1000 Menschen Platz war. Keine Sorge, da kommt schon Publikum, es handelt sich ja um ein Gratiskonzert, beruhigte die Festivalmitarbeiterin die Bandmitglieder und präsentierte ihnen anschließend das geräumige Backstagezimmer. An der Wand hingen Portraits von all den Superstars der Musikbranche, die hier schon gastiert hatten. Eigentlich müsste es ja Musikfestival heißen, dachte sich Gump, denn

neben den Bildern bekannter Jazzgrößen hingen Portraits vieler Pop- und Rockstars.
„Scheiß ma uns hoid nix!", meinte Glamur, als es soweit war. Sie arbeiteten hart, der berühmte Funke sprang trotzdem nicht über. Ausgerechnet hier und jetzt. Nach den ersten zwei Stücken verhaltener Applaus. Der Saal wurde dennoch voller und die freie Fläche vor der Bühne verkleinerte sich. Die schnelleren Stücke brachten Bewegung ins Publikum. Der Mensch, der für das Bühnenlicht verantwortlich war, wachte auch auf, bewies Rhythmusgefühl und schickte 160 Blitze in der Minute in den Saal.
„This is the most beautiful place we have ever played", rief Gump ins Mikro. Party. Jubel. Zugaben. „We love you", brüllte Glamur. Gejohle. Abgang. Kurz nach dem Auftritt tauchte Brandner backstage auf und meinte, dass sie in absehbarer Zeit wahrscheinlich in New York spielen könnten. Er nahm eine Flasche Rotwein und ward nicht mehr gesehen.

Zurück in Wien nahm Gump an, dass das Montreux-Gastspiel medial etwas Aufsehen erregt haben würde. Dem war aber nicht so. In den Zeitungen stand kein Wort, im Teletext fand er einen Kurzbericht über das Festival, aber nichts über *XXX*.
„Nicht einmal im scheiß Teletext steht was!?"
Walter schaltete den Fernseher aus und griff zum Handy. Beschweren wollte er sich, aber Brandner hob nicht ab. Mürrisch wanderte Gump durch die Wohnung und blieb immer wieder an einem der drei Fenster, die in den sechsten Bezirk schauten, stehen. Er betrachtete die „Karawane des Grauens", wie er sie nannte, die sich heute etwas flotter als gewohnt auf der Linken Wienzeile stadtauswärts quälte, und den Wienfluss, der sich wieder einmal als armseliges Rinnsal darbot. Das Flussbett aus Beton und Unrat bevölkerten Raben, Ratten und Tauben. Im Winter gesellten sich Möwen dazu. Anfang Sommer hatte Walter überraschenderweise eine Entenfamilie entdeckt. Er suchte das Ufer mit

dem Fernglas ab. Enten fand er keine, nur Dreck. Eine Szene aus *The Sopranos* kam ihm in den Sinn: Mafia-Boss Toni Soprano kippt wie ein nasser Sack neben dem Pool um, weil die Entenfamilie, die er über Wochen mit Futter versorgt hatte, verschwunden war.

Walter Gump setzte sich aufs Sofa. So eine Scheiße, hier heute alleine herumzusitzen! Er griff erneut zum Telefon, um den Tontechniker zu erreichen. Sie fuhren manchmal gemeinsam Autorennen am Computer. Donner besaß die Profi-Ausrüstung mit Lenkrad, Gaspedal und Bremse. Der Tontechniker hatte aber keine Lust, er wirkte niedergeschlagen. Seit kurzem sei er mit einem dreisten Eingriff auf seine Privatsphäre beschäftigt, erzählte er, als Gump fragte, was denn los sei. Die Post hatte am Dach des Nebenhauses Handymasten installiert. Für den Hausbesitzer ein gutes Geschäft, für Donner ein Alptraum.
„Ab zehn Meter fangt dir das Hirn an zum Kochen. Wie Mikrowellen fahrt dir das hinein. Des is a Wahnsinn, Oida. Wir sind gar nicht g'fragt worden! Jetzt hab i mir im Internet so a Schutzfolie besorgt. Die soll helfen, nur ist die Wohnung jetzt viel dunkler! So ein Scheiß!"
Also verschoben sie das Rennen. Gump wählte die Nummer, die unter Kabul abgespeichert war. Nachdem er bei einer Performance mit dem Titel „Fliegen wie die Vögel und vögeln wie die Menschen" mitgewirkt hatte, traf sich Walter öfter mit Manus jüngerer Schwester. Ihm gefiel der permanente leichte Schwebezustand der Frau. Gravitation schien ihr nur bedingt etwas auszumachen. Sie verabredeten sich im *Schikaneder*. Eine halbe Stunde stand er bereits an der Bar, als Kabul auftauchte.
„Mensch macht Augen kurz zu und ich bin weg. Mensch macht Augen wieder auf und da ich bin!", sagte Kabul und rümpfte ihre Sommersprossen-Nase.
„Stimmt, wie so ein Flaschengeist!"

„Richtig, Kabul, dein Geist aus der Flasche! Willst du mein Meister sein, Walter Gump?"
Ihr Spitzname war die Zusammensetzung der ersten zwei Buchstaben des Vornamens und der ersten drei ihres Nachnamens. Immer mal wieder an diesem Abend fragte Kabul:
„Willst du nun mein Meister sein, dann antworte mit ja!"
Walter wusste nicht genau, was das bedeuten sollte, sagte aber irgendwann: „Ja, ich will!"
„Das ist schon mal nicht so schlecht! Und nun musst du mich fragen, ob ich deine Meisterin sein soll!"
Die rätselhafte Frau ließ nicht locker.
„Willst du meine Meisterin sein, dann antworte mit ja!", fragte Gump endlich.
„Ja, ich will, und von hier an sind wir Mann und Frau, wenn wir das nicht eh schon vorher waren! Haha... eine Aufgabe hätten wir noch zu bewältigen, Meister. Anfang nächsten Jahres treffen wir uns in einem Waschsalon und waschen unsere Unterwäsche in derselben Waschmaschine. Nach diesem Ritual kann Körperkontakt folgen!", sagte Kabul, küsste Walter auf den Mund und ging. Den Plan fand er erstmal nicht so uninteressant. Aber nach ungefähr einer Woche war sich Walter nicht mehr so sicher, ob Kabul das lustig oder ernst gemeint hatte. Er rief, nachdem er sie telefonisch nicht erreichte, die älteste der drei Schwestern an. Karla.
„Ach ja, Kabul hat mir von der Geschichte erzählt. Ich glaub', sie ist sich selbst nicht sicher, was das jetzt sein soll. Möglicherweise nimmt sie das sogar ernst... jedenfalls meinte sie, du hättest den ganzen Heirats-Hokuspokus irgendwie ernst genommen, und das würde sie verunsichern oder so... ach, meine Schwester! Lass dich nicht hineintheatern, Walter!"

Die drei Schwestern, Karla 27, Kabul 25 und Manu 23 Jahre alt, waren das Gesprächsthema der Saison in der Wiener Subkulturszene. Vor allem der männliche Teil der Geistesmenschen, wie Gump seine Szene-Kollegen und -Kolleginnen mittlerweile sarkastisch bezeichnete, war hin und weg von den drei Musen. Manu hatte sich den Starkomiker Konrad Schreivogel geangelt. Radiomann Fritz Wunderlich weinte regelmäßig, weil er bei Karla nicht und nicht landen konnte. Karla behauptete irgendwann, sie wäre lesbisch, um den Zuspruch der männlichen Geistesmenschen etwas zu reduzieren. Kabul badete in der gesteigerten Wahrnehmung, blieb aber unberührbar. Gump erzählte Schonung während einer Sauferei die seltsame Heiratsantrags-Geschichte. Schonung fand das eher sinnlos, aber lustig genug, um es hinauszuposaunen. Kurze Zeit später traf Walter zufällig auf Kabul und war irritiert, weil sie ihn zu ignorieren versuchte. Als er nachfragte, was denn los sei, warf sie Walter vor, die Antragsgeschichte Otto M. Schonung erzählt zu haben, und nun wüssten alle zwischen *Rhiz* und *Schikaneder* um ihr Geheimnis. Die Geistesmenschen wurden Gump immer suspekter.

November 2003. Generalmusikdirektion Graz. Das insgesamt siebzigste Konzert des Jahres. Wie Diven, die sich den Erfolg gegenseitig nicht gönnen, stolzierten sie aneinander vorbei. Brandner hatte den Gig eingefädelt. Als Wiedergutmachung für sein Versagen kurz nach dem Montreux-Auftritt. Unerwartete Wendungen hätten viel Zeit und Energie verbraucht, deshalb wäre er untergetaucht. Das mit dem New-York-Auftritt würde vorerst nichts werden, es wären aber andere tolle Dinge in Vorbereitung.
Sie spielten ein routiniertes Konzert. Das funktionierte mittlerweile alles ohne Proben. Auf der Bühne gab es Freiraum für Posing und anderen Quatsch. Immer wenn sie bei dem einen Stück jaulten und bellten, jaulten und bellten die Zuschauer mit. Der CD-Verkauf lief gut. Einige sahen die Band schon zum fünften oder sechsten Mal.
Nach dem Konzert fiel Walter eine aufgedonnerte Brünette

auf. Sie steckte in einem roten Kleid und aus ihren Augen kamen Blitze. Walter ging mit ihr an die Bar und spürte ein Gewitter aufziehen. Es dauerte nicht lange und Dana, so ihr Name, und Walter verließen die Generalmusikdirektion. Er verabschiedete sich von den Kollegen und fragte Donner, ob er seine Gitarre und den Bühnenanzug in den Proberaum nach Wien mitnehmen könnte.

Dana und Walter betraten ein Lokal in der Grazer Altstadt. Nach einem Gin Tonic zog Walter Dana zu sich und küsste sie auf den Hals. Sie roch nach Whisky, Zigarettenrauch und Schweiß. Blut schoss Walter in die Leibesmitte. Er küsste sie auf die Lippen. Dana ließ ihre Zunge in seinen Mund gleiten. Die Zeit der Unberührbaren war vorbei. Erst am Montagvormittag fuhr er mit dem Zug zurück nach Wien. Am Semmering lag der erste Schnee. Gump brannte. Von unterwegs rief er M. V. Donner an, schilderte ihm eine Kurzversion der letzten zwei Tage und fragte, ob sein Equipment eh im Proberaum gelandet wäre.
„Ja, ja, alles easy, Oida, alles im Proberaum. Komm vorbei, fahr ma a Rennen! I hab jetzt andere Folien gefunden. Jetzt is wieder hell in der Wohnung."

Auf Gumps Bühnenanzug war aber vergessen worden. Also ein guter Grund mehr, das Wochenende darauf wieder in die Steirische Landeshauptstadt zu fahren.

5 | **Von allen Seiten**

Gump beobachtete den Vater und dessen Lebensgefährtin. Sie lagen auf riesigen, motorisch in alle Richtungen verstellbaren Fernsehsesseln. Vom Hofer natürlich. Zweimal hätten sie fahren müssen und dann alles zusammenbauen, aber praktisch wären die Fernsehsessel mit Kunstlederüberzug schon, weil gut zu säubern, kommentierte Gerda.
Der alte Gump ließ seine Beine rauf und runter befördern, während er das Motorengeräusch imitierte. Eine gewisse Gelassenheit strahlte der Vater aus, wie der Sohn überrascht feststellte. Sogar über die neuen türkischstämmigen Nachbarn regte er sich kaum noch auf. Die hatten das Haus nebenan gekauft und im Garten ein Einstandsfest gefeiert. Als Walters Vater das gebratene Lamm roch, konnte ihn Gerda nur mit Mühe davon abhalten, über den Gartenzaun zu springen. Aber nun schien der Pensionist die Gleichgültigkeit in Person zu sein. Er grüßte die Alevs sogar. Gerda hatte sich mehrmals und sehr nachdrücklich wegen seiner Zornesausbrüche beschwert. Wenn das so weiterginge, würde sie wieder nach Tirol ziehen, drohte sie. Das zeigte Wirkung.

„Heut schau ma uns den Tatort an!", verkündete Gerda und las die Ankündigung der TV-Zeitung vor:
„Sag nichts. Die vierte Folge des Münsteraner Tatorts mit Axel Prahl und Jan Josef Liefers."
Nach einer halben Stunde wollte sie nicht mehr zusehen. Ein totaler Blödsinn! Was die daherreden! Das soll lustig sein? Zeitvergeudung! Kein Vergleich zu früher, mit dem Dings... der Tatort mit dem Kommissar mit dem Schnauzer, das wäre spannend gewesen. Keppelnd wälzte sie sich aus dem Fernsehsessel und verschwand in die Küche. Der alte Gump blickte ihr nach und merkte an, dass sich Gerda kaum noch einen Film bis zum Ende anschaute. Und letztens habe sie mit völlig falschen Zutaten Semmelknödel gekocht. Die

seien alle zerfallen und ihm habe sie die Schuld gegeben. Dabei könne sie doch so gut kochen, erzählte der Vater.
„Ab an gewissen Alter werden alle etwas wunderlich", sagte der Sohn.
„Des kaunsch laut sogn!", kam es aus der Küche.

Als Gump in Wien aus dem Auto stieg, grinste ihm Wolfgang Schüssel entgegen. Auf der gegenüberliegenden Straßenseite klebte ein Wahlwerbeplakat. *Wer, wenn nicht er!* stand darauf.
Das erfolgreiche *Unterhaltungsquartett XXX* war von den Grünen engagiert worden, um bei deren Wahlparty im Palais Auersperg für Unterhaltung zu sorgen. Ein paar Prozentpunkte hatten sie dazu gewonnen, die gute Stimmung im Palais gab es aber vor allem wegen des Desasters der FPÖ.

Dana hatte sich für die Party im Palais schick hergerichtet. Eng geschnittenes schwarzes Kleid. Die langen brünetten Haare kunstvoll aufgetürmt. Make-up. Parfüm. Da Paartanz nicht unbedingt Walters Lieblingsbeschäftigung war, übernahm Dana die Führung. Sie umrundete ihren Freund, rieb ihr Becken an seinem hinaus gestreckten Arsch, nahm seine Hände und presste sie an ihre Hüften.
Dana: Mitte Dreißig, Mutter eines vierjährigen Sohnes, seit Kurzem geschieden. Sie erzählte detailreich familiäre Gruselgeschichten. Manches kam Gump bekannt vor und hakte sich ungut in seine Erinnerungen ein.
Die Rolle des Mich-haut-nicht-so-schnell-was-um-Typen hatte er aber dennoch im Griff. Seine Vorbilder und Lehrmeister im sozialen Verhalten fand er in Filmen. Und welche Rolle ihm am besten lag, war Gump schnell klar geworden. Nämlich der, welcher anfangs ungerecht behandelt wird, sich nicht unterkriegen lässt, Rache ausübt und am Schluss die Prinzessin bekommt. Dana war nun seine weibliche Hauptrolle, anbetungswürdige Diva, Regisseurin, Publikum und Groupie in einem.

Die freundliche Dame vom Last-Minute-Büro präsentierte dem albern kichernden Paar eine Insel namens Fun Island. „Vor kurzem war da ein befreundetes Pärchen, und was soll ich Ihnen sagen, die waren restlos begeistert!", meinte sie und überreichte ihnen den Ausdruck des Angebotes. Dana presste Walter fest an sich. Hochzeitsreise ohne Hochzeit, flüsterte sie ihm ins Ohr.

Fast eine Stunde raste das mit Touristen vollgestopfte Boot über den Indischen Ozean. Da es beim Einsteigen etwas hektisch zugegangen war, saßen sie sich gegenüber. Nach der holprigen Überfahrt, Walter hatte vergeblich versucht, Dana mit Grimassen aufzumuntern, endlich Fun Island. Nach einem Begrüßungsdrink in der Hotellobby wanderten sie mehrmals um die Insel. Nach der zweiten Umrundung spürte Walter den warmen Sand unter seinen Füßen und das Salz auf Danas Haut. Die Rolle vielleicht so anlegen wie Jim Carrey in *Vergiss mein nicht!*, überlegte er. Melancholisch, aber mit Happy End.

Erst am späteren Vormittag wachte Gump auf. Ein leichter Tropensturm zog über Fun Island. Er kroch aus dem Bett, ging zum Fenster und betrachtete die durch starke Böen heftig geschüttelten Palmen. Dana schlief. Ohne eine Nachricht zu hinterlassen, verließ er die Hütte, spazierte an den nördlichen Strand und stemmte sich gegen den Sturm. Trotz des heftigen Windes war es warm. Ein freundliches Gewitter. Ozeanwellen rollten geräuschvoll auf die Insel. Walter sprang kopfüber in die größten. Dana war weg, als er wieder zur Hütte zurückgekehrt war. Es klopfte an der Tür. Draußen stand Mario, einer aus ihrer Reisegruppe.
„Heast, Walter, bist deppert, die Dana macht sich ur Sorgen. Die weiß nicht, wo du bist. Die glaubt, dir ist was passiert wegen dem Sturm und so. Wir sitzen alle in der Bar."
„Komm eh gleich!", entgegnete Walter und versuchte lässig zu grinsen.

Dana verzog keine Miene, als er um die Ecke bog.
„Schau Dana, mir taugt so ein Sturm. Ich bin hinaus zum Strand. So stark war der Wind eh nicht. Nicht einmal kalt war's. Du hast geschlafen und ich wollt dich nicht aufwecken. Aber das hättest sehen müssen! So hohe Wellen… mit Anlauf bin ich…".
„Ach, halt den Mund!", zischte Dana.
Es war nicht unbedingt das, was sie sagte, sondern wie sie es sagte. Es erzeugte einen Sinuston in seinem Ohr und Gänsehaut bei annähernd dreißig Grad.
„He, streit's euch nicht! Wir sind schließlich auf Fun Island! Trinken wir Whisky, ich lad euch ein!", meinte Mario.
„Habt's schon mitkriegt, da ist ein Prominenter auf der Insel. Ein Schauspieler. Andere Wiener haben mir das g'sagt. Der heißt Schimonisak oder so! Kennt ihr den?"
Dana verneinte.
„Heißt der nicht Simonischek?", antwortete Walter und zwinkerte.
Zurück in der Hütte zog sich Dana um, sie wollte an den Strand. Walter zog sich aus, er wollte Sex. Er stand nackt mit halb erigiertem Penis vor ihr und blickte in Fischaugen.
„Du kennst mich noch nicht wirklich, Walter, also pass auf! Als du so blödsinnig grinsend an die Bar geschlendert bist, habe ich zugemacht. Weißt du, was das heißt? Jedenfalls nix Gutes, mein Freund! Ich habe mein Baby wegen dir allein gelassen, und du hast mich nicht beschützt. Das kann ich dir nicht verzeihen. Sicher nicht die nächsten zwei Wochen. Zuerst sitzt du in diesem depperten Speedboot nicht neben mir und schneidest blödsinnige Grimassen, und dann das. Wir wohnen zwar gemeinsam in dieser Hütte und nach außen werden wir so was wie ein Paar abgeben, aber du rührst mich nicht mehr an, verstanden?!"

Die Urlaubskulisse begann zu bröckeln. Kalte Schauer fuhren Gumps Rückgrat rauf und runter. Dana ging zum

Strand, er blieb in der Hütte und rauchte im Schockzustand eine nach der anderen. Die halbe Nacht versuchte Gump sie umzustimmen und entschuldigte sich tausendmal. Je mehr er redete, desto einsilbiger wurden ihre Antworten. Tags darauf war Dana bester Urlaubslaune. Plauderte nett mit Mario und dessen Freundin Joel, den Tischnachbarn. Zwei Möglichkeiten hatte er nun: Rache oder Kapitulation. Für den notwendigen Zorn fehlte jegliche Kraft. In Gedanken warf er sie den Haien zum Fraß vor. Mit der Kapitulation begann die Selbstgeißelung: Sie hatte Recht. Seine Schuld. Im Stich gelassen hatte er die Mutter eines Kindes…
Er saß am Strand und beobachtete, wie Dana Richtung offenes Meer surfte.

Um einander aus dem Weg zu gehen, war die Insel zu klein. Verächtlich registrierte Dana Walters Verfall. Er wurde immer bleicher. Die Chancen, von einer Kokosnuss erschlagen zu werden, seien wesentlich höher, als von einem Hai gebissen zu werden, stand im Reiseführer. Gump legte sich unter die Palmen mit den meisten Früchten. Manchmal gesellte er sich zu Mario und Joel. Mario redete gern über sich, und Walter hörte mit einem Ohr zu, während die schöne Joel regelmäßig im türkis-blauen Meer verschwand, um sich abzukühlen.

Der Tauch-Guide half Gump ins Jackett, an dem eine Zwölf-Liter-Pressluftflasche befestigt war. Neben Fun Island lagen ganz nahe mehrere unbewohnte Inseln. Durch die Engstellen, die bis zu vierzig Meter tief waren, floss Wasser mit relativ großer Geschwindigkeit. Die Taucher wurden an den Anfang des sogenannten Strömungskanals gebracht. Nachdem alle im Meer verschwunden waren, fuhren die Boote mit der Begleitcrew an das andere Ende des Kanals und warteten. In einer Tiefe von ungefähr fünfundzwanzig Metern trieb die Strömung Gump an den merkwürdigsten Korallengebilden vorbei.

„Wo Strömung ist, da gibt es meist auch große Fische!", hatte der holländische Chef der Tauchstation beim Briefing angekündigt. Adlerrochen, wuchtige Napoleon-Fische und Muränen. Flinke Weißspitzen- und Schwarzspitzenhaie beobachteten die Taucher aus sicherer Entfernung. Wie ein manövrierunfähiger Astronaut in der Schwerelosigkeit trieb Gump in das offene Meer hinaus. Er streckte alle Viere von sich und lauschte den Saug- und Blubbergeräuschen. Wenn der Inhalt der Pressluftflasche seine Lunge aufpumpte, schwebte er leicht nach oben. Während der geräuschvollen Ausatemphase sank er. Dazwischen ein paar Sekunden komplette Stille. Seinen zugeteilten Tauchbuddy nahm er nur noch als schwarzen Punkt, zwanzig Meter weiter oben, war. Walter wollte nicht mehr an die Oberfläche. Ein euphorischer Zustand breitete sich aus und er begann lautlos zu singen: *Hinter meiner, vorder meiner, links, rechts gülts nix... ober meiner, unter meiner siach i nix. Spür nix, hör nix und i riach nix... denk i nix und red i nix und tua i nix.*
Als Gump die Hälfte der Reserveluft weggeatmet hatte und der Tauchcomputer Alarm schlug, pumpte er Luft ins Jackett. Langsam ging es aufwärts, dahin, wo eine viel zu heiße Sonne den Körper austrocknete und eine scheinbar sadistisch veranlagte Frau den Vorgang interessiert beobachtete. Die Crew des Tauchbootes fischte ihn aus dem unruhigen Meer. Der Chef war wütend und kündigte an, Gump zum nächsten Tauchausflug nicht mehr mitzunehmen. Alle waren schon an Bord, nur er hatte gefehlt. Der Wind blies die Motorabgase über das Deck. Walter wurde übel und er kotzte ins Meer.

Am vorletzten Urlaubstag sah Walter Dana mit den Simonischeks an der Strandbar sitzen. Walter nahm all seinen Mut zusammen und setzte sich zu ihnen.
„Hallo zusammen!", sagte er etwas zu laut.
„Ah, der Verschollene!", sagte Simonischek Senior, während er Tabak in seine Pfeife stopfte.

„Wieso denn der Verschollene?", fragte Gump verwundert.
„Arjen hat sie in der Tauchbasis als schlechtes Beispiel angeführt!"
„So dramatisch war das gar nicht, mir hat's da unten getaugt, Luft hab ich auch noch g'habt, und mein Piefke-Tauchbuddy hat seine Flasche vor lauter Aufregung innerhalb kürzester Zeit leer gesaugt... bin ich halt noch unten geblieben."
Walter glotzte Dana an.
„Walter, mein... also, er ist übrigens Musiker!"
In der Mitte des missglückten Satzes war Danas Zungenspitze kurz auf ihrer Oberlippe.
„Musiker? Schön!", sagte Simonischek Senior und zündete den Tabak an.
„Ja, *XXX* heißt die Band!", erklärte Walter.
„He, *XXX*?! Du spielst da? Ich hab' euer Album!", mischte sich Simonischek Junior ein und wirkte tatsächlich überrascht. Das überraschte nun wiederum Walter und er begann aufzutauen.
„So unter Künstlern", fragte er kumpelhaft den Senior, „Sie spielen ja auch oft das Gleiche, wenn ein Stück ein Jahr oder noch länger aufgeführt wird. Das wiederholt sich doch ständig. Wie machn's das, damit Ihnen ned fad wird, wenn Sie immer das Gleiche sagen müssen? Mir wird fad, wenn ich öfter das Gleiche spielen muss! Dann fang ich auf der Bühne zum Nachdenken an."
„Ja, da hat halt jeder so seine eigene Technik. Die Aufführungen gleichen sich auch nie. Die Kollegen und Kolleginnen spielen je nach Tagesform teilweise sehr unterschiedlich... da kommt oft Überraschendes... Disziplin spielt auch eine große Rolle. Also langweilen tu ich mich auf der Bühne nie!"
„Genau, wenn Fehler passieren, find ich das auch super. Ein falscher Ton zur richtigen Zeit ist manchmal spannender, als immer den richtigen zu treffen. Geeignete Mitspieler braucht man halt, die einsteigen und mitimprovisieren."

Am Tag der Abreise war Walter Gump aufgedreht. Nichts wie weg aus diesem Strafgefangenenlager. Jeden Wackler des eher turbulenten Heimfluges kommentierte er mit einem todesmutigen Grinsen. Kurz vor Wien sagte Dana dann plötzlich:
„Also, ich hab' echt nicht damit gerechnet, aber ich spüre wieder was."
Sie versuchte dabei zu lächeln.
„Wie bitte? Du spürst wieder was?"
„Ja, ich kann mir das auch nicht erklären, aber ich spüre dich wieder!"
Es folgte ein zweiter Versuch zu lächeln.
"Bist du jetzt komplett bescheuert? Zwei Wochen darf ich dich nicht anfassen und jetzt das?"
„Das ist mein Angebot, möglicherweise mache ich aber wieder zu und bin dann komplett weg, aber für immer! Du kannst dir das ü b e r l e g e n!"

In der Rechten Wienzeile angekommen zog sich Dana aus, legte sich aufs Bett, starrte zur Zimmerdecke und spreizte ihre Beine. Walter legte sich auf sie und fickte sie, als wäre sie der Testdummy einer Sexpuppe. Nach getaner Arbeit betrachtet er unbefriedigt den feuchten Fleck am Spannleintuch und ärgert sich, denn eigentlich hatte er Schluss machen wollen.

Universal melde Interesse an einer Zusammenarbeit an, verlautbarte Schlagzeuger Busch per Elektropost: *damit was weiter geht, gibt es demnächst ein treffen mit dem österreichischen universal jazz bereichsleiter. hab schon alles in die wege geleitet!*

Das Treffen brachte vorerst nichts außer vagen Versprechungen und der Vorwarnung, dass auch Universal nicht unendlich viel Geld hätte, als Troll eine hohe Vorschusssumme nannte. Zual-

lererst müssten die *XXX*-Mitglieder sowieso mit Maus/Heinzl reden, denn es gebe ja noch einen bestehenden Vertrag.
Die Bandmitglieder saßen kurz vor dem Treffen mit Brandner und dem Maus/Heinzl-Labelchef in einem Café und lauschten staunend Buschs neuester Verlautbarung:
„Ich habe mit dem Heinzl-Chef telefoniert. Der ist eh ein netter Typ. Der will uns keine Steine in den Weg legen! So unter Chefs", merkte der Schlagzeuger gelassen an, „lässt sich so was halt am besten regeln. Professionell eben."

Nach dem Treffen saß die Band mit hängenden Köpfen wieder im Café. *XXX* musste sich aus dem Vertrag freikaufen und der Betrag war nicht gering. Nach ein paar weiteren Treffen mit der Universal-Chefetage wurde der Geldkoffer dennoch gepackt.
„Major-Deal!", jubelten alle bis auf Gump. Ihm gefiel nicht, dass Busch das Steuer immer mehr an sich riss und dabei auch noch erfolgreich war. Ausgehandelt wurde, dass es vom ersten Album einen europaweiten Re-Release geben sollte. Eine Doppel-CD mit Bonusmaterial. Ein Jahr später ein neues Album. CD und Vinyl in jeweils fünfstelliger Auflage.

Das Handy läutete. Dana stand am Display. Er drückte auf die rote Taste. Als sie innerhalb einer Stunde zum dritten Mal anrief, hob er ab. Ob er schon etwas an seinem Geburtstag geplant hätte, wollte sie wissen.
„Vierzig, was gibt's da schon groß zum Feiern? In Wahrheit eine eher traurige Angelegenheit."
„He, runder Geburtstag, Major-Deal und so! Come on, Gump, echt jetzt, komm nach Graz."

Er hatte nicht nach Graz fahren wollen und saß dann doch im Zug. Eine große Party hatte er ursprünglich geplant, in Wien, mit Band und Geistesmenschen. Aber schon die Planung überforderte ihn restlos.

Am Semmering lag noch Schnee.
„Warum fahr ich eigentlich zu dieser komischen Alten", ärgerte er sich kurz vor Graz und brannte mit der Zigarette ein Loch in die Sitzgarnitur. Dr. Lauf hatte ihm geraten, Danas Einladung anzunehmen, den Ausflug gleichzeitig aber für ein klärendes Gespräch zu nützen.

Dana war bemüht freundlich. Ihr Sohn nicht da. Ein Kuchen stand am Tisch. Die anfangs noch halbwegs gute Laune war schnell verbraucht. Ein klärendes Gespräch! Ein klärendes Gespräch! Je öfter er den Satz im Geiste wiederholte, desto unmöglicher schien ihm dieses Vorhaben. Danas künstliches Grinsen ging ihm auch auf die Nerven. Gump wurde pampig. Es dauerte nicht lang und die Tür flog zu und er saß bis in die halbe Nacht hinein vor dem Fernseher und beobachtete emotionslos wie Bomben im Irak einschlugen. Dana zog tags darauf die Notbremse. Walter erklärte sich mit einer sogenannten Beziehungspause einverstanden.

Zwei Monate später. Ein warmer Frühlingstag. Dana hatte Walter zu einem alles klärenden Gespräch nach Graz zitiert. Sie saßen in einem Park im Grazer Stadtteil Jakomini. Die Vögel zwitscherten, die Kinder kreischten, Walter und Dana wühlten im Misthaufen. Danas Sohn fuhr in regelmäßigen Abständen mit seinem Rad vorbei. Irgendwann fiel ihnen auf, dass er längere Zeit nicht mehr angeradelt gekommen war. Dana rief nach ihrem Sohn. Keine Antwort. Walter rief auch. Nach ein paar Sekunden Verwirrung sahen sie ihn. Auf dem Gehweg neben dem Spielplatz. Er starrte in ihre Richtung. Dana rief und winkte. Nun stieg er auf das Rad und fuhr los. Die letzten zehn Meter gab er Gas und krachte ungebremst in seine Mutter. Durch die Wucht des Aufpralles wurde er vom Rad geschleudert. Dana schrie laut auf.

Am folgenden Tag bekam Gump eine Mail:
gut, dass es vorbei ist! und es ist nun auch endgültig vorbei!!! ich brauche einen starken mann, der mich und meinen sohn beschützt! du glaubst, deine anwesenheit allein wäre schon genug. du bist selbstsüchtig und bildest dir ein, alle müssten deine momentane stimmung akzeptieren, weil es die einzig richtige wäre. alle sollten immer nur nach deiner pfeife tanzen. du gibst dich immer so cool, dabei zauderst du die ganze zeit herum. du bist undankbar und verlangst nach immer mehr. es wird aber keine frau geben, die das erfüllen kann! ich dachte, du wärst wenigstens geheimnisvoll, dabei bist du nur voller selbstmitleid!

„Seien Sie froh, dass das ein Ende hat", meinte Dr. Lauf, als er ihr die Mail vorlas. „Eine neurotische Beziehung wie aus dem Lehrbuch. Ihre große Enttäuschung, Herr Gump, hat relativ wenig mit Dana zu tun. Ihre Ex ist halt wieder eine Bestätigung für Ihr Verlorensein. Aber seien Sie diesem Gefühl der Ausweglosigkeit nicht immer so ausgeliefert. Dieses Ende sollte ein Anfang sein! Ab jetzt vielleicht nicht mehr wie ein Hase vor der Schlange regungslos verharren und auf den nächsten Angriff warten. Aktiv werden! Passivität ist kein Schutz! Kaum jemand nimmt darauf Rücksicht. Im Gegenteil, auf die, die alles einfach nur verwundert ertragen, wird im Endeffekt noch mehr hingedroschen! Und sie fühlen sich immer wertloser. Und noch ein Tipp: Frauen mögen es nicht, wenn man ihnen die Rolle der Bemutterung aufdrängt."

Mit einer Einladung anlässlich der Taufe der Nichte hatte er nicht gerechnet. Gump kaufte einen Golddukaten und machte sich auf den Weg ins Umviertel. Diesmal würde er als Erwachsener ankommen.
Nach kurzem Innehalten vor der Kirche widerstand er dem Drang umzudrehen. Draußen herrschten fast dreißig Grad und er war froh über die kühle Temperatur im Inneren.

Einige der getauften Babys weinten. Eins schrie aus Leibeskräften. Gump und seine Mutter begrüßten sich wie zwei Politiker, die einander nicht ausstehen können, aber miteinander reden müssen.
„Wird einmal eine Sängerin!", witzelte ein schlaksiger älterer Typ mit hellen Haaren, der Halbbruder Max ähnelte, über das Baby. „Max' Vater!", schoss es Walter. Die Möglichkeit, dort auf den leiblichen Vater seines Halbbruders treffen zu können, hatte er ausgeblendet.
Nach der Taufe versammelten sich die Familienmitglieder im Gastgarten einer Pizzeria. Walter übergab den Golddukaten und wurde dem Vater von Max vorgestellt.
„Servus, Walter, ich bin der Vater vom Max", sagte der große schlaksige Mann freudestrahlend, als wäre das die lange herbeigesehnte Überraschung. Walter entzog ihm sofort die Hand, begleitet von einem knappen Hallo. Hilde Gump und Max beobachteten die Szene. Max' Erzeuger redete weiter. Walter überlegte, wie er reagieren sollte, wenn der zu reden aufhörte.
„Ich weiß schon so viel über dich, Walter. Und ich beneide dich für dein musikalisches Talent. Als Jugendlicher habe ich auch musiziert… Elvis."
Walter unterbrach mit der Anmerkung, aufs WC zu müssen. Er wartete, auf einer Kloschüssel sitzend, eine Zigarettenlänge. Den schlechten Geschmack im Mund spülte er danach mit Bier hinunter, als seine Mutter auf ihn zukam. Hinter ihr her trottete ein etwa gleichaltriger Mann. Hilde Gump deutete auf den freundlichen Mann im grauen Anzug und sagte:
„Des is da Koal, mei neicha Freind. Mit sein Buam bist in d'Voixschui gaunga, kaunsd di no erinnan, Walti? Wimma hoasd a!"
Karl Wimmer schüttelte Walters Hand, sagte aber außer „Servus, Walter" nichts. Als seine Mutter und er wieder auf ihre Plätze zurückgekehrt waren, klopfte Max' Vater mit einem Messer auf sein Bierglas und erhob die Stimme:

„Liebe Leute, gibt's was Schöneres als Familienmitglieder, die zusammenfinden und den neuesten Zuwachs begrüßen! Ich als Gewerkschafter muss euch sagen, Zusammenhalt ist das Wichtigste! Gerade in turbulenten Zeiten! Freundschaft!"
Es folgte Applaus. Walter klatschte nicht.

Gump wachte auf mit dem Gefühl, der einzige Mensch auf der Welt zu sein. Der allerletzte. Und das, obwohl es hörbar noch andere gab. Ein Nachbar saugte Staub. Die Karawane des Grauens quälte sich stadtauswärts. Der Gump'sche Körper wurde mit allen erforderlichen Zutaten angereichert, um aus dem Angstgefühl eine Panikattacke werden zu lassen. „Seien Sie den Gefühlen nicht so ausgeliefert", hatte Dr. Lauf empfohlen. Gump klopfte sich mit der Faust auf die Brust und wiederholte minutenlang: „Bin der Angst nicht ausgeliefert. Bin der Angst nicht ausgeliefert. Bin der Angst nicht ausgeliefert." Bis der Brustkorb schmerzte. Dann stand er auf, stellte sich ans Fenster und blickte auf den Verkehrsstau. Nachdem er Blase und Darm entleert hatte, kochte er Kaffee und beobachtete Flugzeuge, die träge über den fünften Bezirk hinweg Richtung Schwechat flogen. Als Gump das Radio einschaltete, hörte er den Anfang des zweiten Satzes seiner Lieblingssinfonie. Beethovens sechster.
„Den richtigen Zeitpunkt erwischt! Etwas zögerlicher gehandelt, und ich wäre wieder einmal auf der Flucht!", beruhigte er sich selbst.

Trolls Stimme überschlug sich. Telefonisch berichtete er Kollegen Gump vom Vorhaben des Österreichischen Rundfunks, einen *XXX*-Beitrag für die TV-Sendung *Kultur am Montag* zu machen.
„Oida, während der nächsten Bandklausur kommt eine ORF-Crew extra deswegen ins Waldviertel!"

Ein mit Troll befreundetes Ärzte-Ehepaar aus Wien besaß im Waldviertel, nahe der tschechischen Grenze, ein geräumiges Wochenendhaus. Für die Benutzung mussten die Bandmitglieder Gartenarbeiten, Holzhacken und Ähnliches verrichten. Mit dem Schneeschaufeln waren sie gerade fertig, als ein silberner Van mit der Aufschrift ORF um die Ecke bog. Sie setzten sich an den Küchentisch, frischer Kaffee wurde serviert. Trolls Witze überspielten die anfängliche Unsicherheit. Der Journalist war vorbereitet, wusste über *XXX* Bescheid und interviewte die Bandmitglieder einzeln, nachdem Ton- und Kameramann im Wohnzimmer ihre Geräte aufgebaut hatten. Abschließend wanderten alle für ein paar Außenaufnahmen durch die winterliche Idylle.
„Macht's doch bitte ein wenig *Action*!", verlangte der Journalist. Und weil ihnen nichts Besseres einfiel, beschossen sie sich gegenseitig mit Schneebällen. Das artete in eine regelrechte Schlacht aus. Als Höhepunkt sprang Glamur kopfüber in einen Schneehaufen.

Am letzten Tag der Klausur telefonierte Busch, der neuerdings Dreadlocks und eine Brille mit gelb gefärbten Gläsern trug, mehrmals mit Universal und verkündete, während die anderen aufräumten:
„Für's neue Album werden Gastsänger eingeladen! Ein amerikanischer Soulstar ist im Gespräch! Produzieren wird das Album der Toni Weisflog. Das hat mir gerade der Chef persönlich gesagt."
„Soso, wer ist denn dieser Chef persönlich?", fragte Gump, der den Staubsauger aus der Abstellkammer geholt hatte und mit dem Kabel Richtung Steckdose unterwegs war.
„Ja, der Universal-Österreich-Chef halt!", antwortete Busch zufrieden lächelnd, bis Gump ihm den Staubsauger vor die Füße legte.

Die geplanten Gastsänger waren: Der mittlerweile auf jeder ORF-Seitenblicke-Party zu findende Crooner Lou West und eine Sängerin aus New York, die sich teilweise in Wien aufhielt und sich G.O.G. nannte. Beim angekündigten Soulstar handelte es sich um den afroamerikanischen Sänger Tod Brandon. Brandon, bei Universal unter Vertrag, war in den 70ern vor allem in den USA erfolgreich. Gump konnte mit all dem nicht viel anfangen und sah sich mittlerweile zum Befehlsempfänger degradiert. Das Einzige, was seine Stimmung nicht gänzlich in den Keller sacken ließ: Der egozentrische Tastenvirtuose Franz Quere wurde, auf seine Anregung hin, auch eingeladen.

„Ihr seid ja bekannt als Party- und Unterhaltungsband im besten Sinne, da wäre doch was Discomäßiges naheliegend!", meinte Weisflog beim ersten Treffen.
Gump beobachtete stoisch, wie der zukünftige Produzent zu nicht vorhandener Musik mit dem Kopf wackelte und auf eine Antwort wartete. Busch, Glamur und Troll zeigten sich begeistert.

Völlig überraschend meldete sich Karla, die älteste der drei *Präsidentinnen*, telefonisch. Sie wäre in der Nähe und würde gerne kurz vorbeischauen. Als Karla und Walter in der Küche saßen, grübelte er, an wen ihn Karla vom Aussehen her erinnerte. Stoppelglatze, energisches Kinn, hohe Wangenknochen, dunkle Augen. Kein Schmuck. Kein Make-Up. Sie meinte, dass sie es sehr schade finde, dass er nicht mehr bei ihren Performances mitmache. Gump entschuldigte sich, weil er im Moment viel zu tun habe. Er erzählte ihr von den Album-Vorbereitungen und beklagte, dass er sich auf seiner Spielwiese zunehmend an den Rand gedrängt fühle. Karla trank Kaffee und hörte aufmerksam zu. Von Gumps psychischer Instabilität und der Therapie wusste sie.
„I nimm jetzt übrigens keine Tabletten mehr und schieß zu-

rück, wo's nur geht! Die wundern sich schon, hahaha. Dazu brauch ich halt Energie und keine Sedierung", erklärte er.
Ob er es schon einmal mit einer Heilerin probiert habe, fragte sie.
„Einer Heilerin?"
„Oder nennen wir sie Schamanin, wenn dir das besser gefällt… wegen der Energie, Gump!"
Während Karla die Telefonnummer der Schamanin auf einen Zettel schrieb, fragte er:
„Jetzt bist du seit einer Stunde da und es geht nur um mich. Wie geht's denn dir immer so? Ist der Otto noch immer hinter dir her?"
„Dieser Saufkopf verschont mich glücklicherweise! Ich bin ja schon länger mit einer Frau zusammen, wie du wahrscheinlich eh weißt."

Toni Weisflogs Aufnahmestudio war nur zehn Gehminuten von Gumps Wohnung entfernt. Am ersten Tag standen der Aufbau der Instrumente und Verstärker und die Mikrofonierung am Programm. Danach saßen sie alle im Aufenthaltsraum und lauschten dem Produzenten. Er gab Tipps für das tags darauf geplante freie Zusammenspiel mit dem Pianisten Franz Quere. Einfach locker drauflos spielen wie letztens die Franzosen, meinte Weisflog. Räume eng machen, Mann decken und ähnliche Witze folgten.
Zurück in der Wohnung schaltete Gump den Fernseher ein. Die Fußball-EM 04 war gerade in vollem Gange. An diesem Abend: Kroatien gegen England. Sechs Tore. England gewann 4:2. Da sie in den kommenden zwei Wochen teilweise bis in die Nacht hinein arbeiten wollten, nahm Walter den tragbaren Fernseher mit ins Studio. Als Busch den TV-Apparat sah, ging er auf Gump los, als hätte der eine todbringende Krankheit eingeschleppt.
„Was bringst'n du da mit? Bist du verrückt? Arbeiten steht am Programm! Nicht deppert fernschauen. Und schon gar

nicht Fußball", keifte der Schlagzeuger. Gump schrie Busch an, dass er schon selbst ganz genau wisse, was in einem Studio zu tun sei und was nicht, und es gehe Busch einen feuchten Scheißdreck an, ob er zwischendurch Fußball schaue oder nicht! Weisflog kam ums Eck und stellte sich dazwischen. Er war erstaunt ob der Heftigkeit des Streites. Der Fernseher blieb.
Kurz darauf erschien Franz Quere. Er trug einen etwas zu großen schwarzen Anzug. Sein Gesicht schmückte ein voluminöser Schnauzer, an den Fingern steckten teils massive Ringe und in der Hand hielt er einen Spazierstock. Eine Künstlererscheinung wie frisch aus einer Vorabendserie. Er redete nicht viel, grinste freundlich, setzte sich in den Aufenthaltsraum und bastelte einen Joint. Die erste Session mit dem Klaviervirtuosen verlief anfangs unharmonisch. Es dauerte, bis die Mannschaft eingespielt war. Coach Weisflog sprang aufgeregt im Regieraum hin und her und gab Anweisungen. Nach ein paar Stunden waren sie dann aber da, der Groove, die Tightness, das genaue Kurzpassspiel, wie Weisflog euphorisch feststellte.

Universal Music Austria veröffentlichte während der Arbeit im Studio das erste *XXX*-Album noch einmal. Inklusive Remix-Versionen gerade angesagter DJs und einem Video, das Studenten der Filmakademie als Abschlussarbeit produziert hatten. *The Rat Pack* wurde der Re-Release getauft. Walter Gump war angenehm überrascht, denn nach kurzer Zeit gab es positive Rückmeldungen. In der Madrider Universal-Niederlassung war ein A&R-Manager so angetan von dem, was er hörte und sah, dass er Promo-Gigs im Rahmen des Madrider Jazzfestivals in Aussicht stellte. Busch berief am letzten Studio-Tag eine Band-Sondersitzung ein. Thema: Geld!
Troll und Busch prophezeiten viel höhere Einnahmen. Wegen Universal-Power und des *Kultur-am-Montag*-Beitrags. Das alles werde sicher positive Auswirkungen auf die eh an-

gespannte Finanzlage haben. Wer also bekomme wie viel vom Kuchen?
Da die Stücke des ersten Albums mehrheitlich Gumps Kompositionen waren, hatte er bisher den prozentuell höheren Anteil der Tantiemen erhalten. Busch und Troll verlangten, dass ab sofort alles durch vier geteilt werden müsse. Glamur war irgendwie auch dafür, es spräche aber etwas dagegen, er wisse auch nicht so recht.
„Im Zweifel für den Zweifel", sagte er und wischte mit beiden Händen über die frischrasierte Glatze.
Gump hatte keine Lust, den Kollegen entgegenzukommen, und so wurde der Tantiemen-Schlüssel des ersten Albums nicht verändert. Der Rest ab diesem Zeitpunkt durch vier geteilt. Keiner war richtig begeistert, aber auch nicht wirklich unzufrieden. Busch kündigte an, dass Tod Brandon im September für Gesangsaufnahmen nach Wien kommen würde. Und die Band sollte sich stylingmäßig etwas Neues überlegen. Vielleicht bunte Hawaiihemden oder sowas.

Es war nicht so, dass Gump die Aufnahme-Session mit Tod Brandon nicht interessiert hätte, aber genau für diesen Tag war seit langem ein Besuch beim Pepi-Bauer im Umviertel geplant. Josef Pumberger war ein alter Bekannter aus den *City*-Tagen. Der hatte den elterlichen Bauernhof übernommen und Gump zur Jung-Bauern-Party eingeladen. *Most, Schweinsbraten und laute Gitarren* stand auf der Einladung. In einem ausgebauten Teil des Kellers befand sich ein Proberaum und hier sollte, ohne Lautstärkenprobleme, wie Pepi versicherte, die Party steigen. Das klang wie Urlaub. Eine Zeitreise in die frühen 80er, als alles noch irgendwie wilder war. Mehr weiße Flecken auf der Landkarte, mehr Speicherplatz im Hirn.
Rauchwaren und eine mehrstündige Huldigungsmesse in a-Moll für Gitarrengott Neil Young sorgten für Auflösung. Der Schweinsbraten für eine gute Unterlage, um Josefs Most

ausgiebig zu testen. Kurz nach Sonnenaufgang parkte Walter das Auto neben der Siedlung, in der er aufgewachsen war. Er drehte das Seitenfenster runter und starrte für eine Zigarettenlänge auf das Siedlungshaus. Nichts rührte sich. Nachdem er den glühenden Tschick-Rest im Aschenbecher ausgedämpft hatte, spazierte er zu dem Haus, in dem er einst mit der Punkband geprobt hatte. Dilettantisch, laut und schräg war das, aber es hatte Spaß gemacht. Zwanzig Jahre später wusste Walter, was ein Fmaj7-Akkord ist. Noch bevor ihn die melancholische Morgenröte in Selbstmitleid versinken ließ, hupte ihn jemand an, weil er mitten auf der Straße stand.

Das Katerfrühstück im Gastgarten der Bäckerei tat gut. Der Pelz auf der Zunge verschwand. Früher Vormittag und schon emsiges Treiben in der Bezirkshauptstadt. Bauernmarkt am Kirchenplatz. Walter kaute sein Butter-Salami-Mohnflesserl und las die Zeitung quer: zuerst Sport, dann Kultur. Gerade als er zu den Veranstaltungstipps blättern wollte, merkte er, dass jemand vor ihm stehen geblieben war.
„Kennst mi noch?", fragte der Mann, als Walter zu ihm aufschaute. Irgendwie kam ihm das Gesicht des beleibten Mannes mit schütterem Haarwuchs bekannt vor. Er verglich den breit Grinsenden im Zeitraffer mit den eingespeicherten Bildern. Erst als sein Gehirn Erinnerungen aus den Achtzigern hervorkramte, passten einige Vergleichsfotos. Verwirrung, Schock und große Freude.
„Hannes!", rief Walter. Er stand auf und umarmte den Jugendfreund.
„Jo, do schaust, goi! Kaum noch Haare, dafür an Bauch, hahaha!"
Er habe leider nicht viel Zeit, aber ein Kaffee ginge sich natürlich aus, erklärte Hannes, stellte die volle Einkaufstasche auf den Boden und setzte sich. Walter erzählte vom Spaziergang durch die Siedlung und fragte, ob Hannes etwas von ihrem alten Freund Hammer wisse.

Der lebe mit Familie in der Nähe von Linz, bekam er zur Antwort, und Pferd sei vor ein paar Jahren bei einem Autounfall ums Leben gekommen. Hannes kramte sein Handy aus der Jackentasche.
„Des is mei Familie!", sagte er und rieb sich die Hände. Der sichtlich stolze Familienvater hatte seinen Arm um die Taille einer schlanken schwarzhaarigen Frau geschlungen. Daneben standen zwei Mädchen und ein Bub.
„Respekt, Respekt!" sagte Walter und konnte es kaum glauben.
„Und was machst du beruflich, Hannes?"
„Hausmann von Beruf, hahaha! I kümmer mi um den Nachwuchs, kochen und so. Mei Frau is Schuldirektorin, uns geht nix ob! Glück brauch da Mensch im Leb'n!"

„I hob an Most midbrocht! Schen Gruas vom Pepi-Bauan! Glück brauchd da Mensch im Leb'n!", sagte er übertrieben im Dialekt und stellte den Kanister in den Aufenthaltsraum von Weisflogs Studio.
Nach allgemeiner Verkostung hörte sich Gump die Brandon-Aufnahme an und war erstaunt, mit welcher Präzision der Soulsänger das von Troll komponierte Stück eingesungen hatte.
„Vollprofi", sagte Gump. „Gute Nummer."
Drei Takes wären ausreichend gewesen, sagte Weisflog. Pianist Quere äußerte sich ebenso lobend und meinte, darauf müsse man doch gleich mit einem weiteren Glas Most anstoßen. Er trug zerrissene Jeans, Lederjacke und Pilotenbrille. Der Schnauzer war weg, die Kopfhaare auch. Gump erzählte Quere vom unerwarteten Treffen mit seinem Jugendfreund, der nun so ganz anders aussehen würde und mit seiner Rolle als Familienvater und Hausmann vollkommen glücklich sei. Der Pianist hörte sich die Geschichte mit ernster Miene an. Gerade als Quere sich dazu äußern wollte, ging die Tür auf und Lou West erschien. Anzug, Hut, Gamaschenschuhe.

Sonnengebräunte Haut. West stellte sich vor. Quere und Weisflog kannte er.
Nach den ersten Versuchen stellte sich heraus, dass West kaum vorbereitet war. Das Stück, das er singen sollte, war Gumps Komposition und auch die Gesangslinie hatte Gump dem Sänger vorgegeben. Den Text hatte Troll geschrieben. Fast jeder einzelne Satz musste separat aufgenommen werden. Nach zwei Stunden fragte Weisflog West, ob er denn diesen Tonstudiotermin mit einem Fototermin verwechselt hätte. West lachte am lautesten. Gump gesellte sich immer wieder mal zu Quere, der im Aufenthaltsraum saß und mittlerweile halbwegs angesoffen war. Der Pianist konnte Lou West nicht leiden. Irgendein geplantes gemeinsames musikalisches Vorhaben war jämmerlich gescheitert. Quere gab West die Schuld und begann ihn zu beschimpfen. Nach jedem Schluck Most lauter und untergriffiger. Um Quere zu beruhigen klebte Gump einen Drei-Blatt-Joint zusammen. Den qualmte der Pianist fast alleine weg und startete einen neuerlichen Anlauf, um West zu provozieren, der nach drei Stunden völlig erschöpft um eine Rauchpause gebeten hatte.
„Komm her, hab' ich gesagt, du lächerlicher Reserve-Sinatra von der Sonnenbank. Arschkrebs sollst bekommen."
West ignorierte Quere. Quere kippte noch vor Satzende um und schlief auf der Stelle ein.

„Kennen Sie den Ausdruck, Antipode?", fragte Dr. Lauf. „So bezeichnet man Menschen, die ständig konträre Meinungen parat haben. Ihr Gegenüber gerne prüfen. Sie klopfen scheinbar gerne Vorgesetzte und hierarchische Strukturen auf ihre Tauglichkeit ab. Andere würden vielleicht sagen, Sie hätten ein Autoritätsproblem. Aber vergessen Sie das gleich wieder. Chefs gehören natürlich geprüft. Und die guten nehmen solche Herausforderungen an. Sie sollten aber einsehen, Herr Gump, dass Sie eher selten etwas von solchen Herausforderungen haben. Ich erinnere Sie an die Situation

im Behindertenheim, als Sie sich auf den Platz des Heimleiters setzen mussten. Bei Ihnen hab' ich den Eindruck, dass Sie sich gerne duellieren. Zufriedenstellende Resultate kann es aber nur geben, wenn beide Seiten solche Aktionen als Spiel begreifen. Dazu sollte man andere vielleicht auch einladen, sonst könnte es als Provokation aufgefasst werden. Ein bisschen mehr Diplomatie wäre nicht schlecht."
Gump richtete sich auf, blickte aber weiterhin auf den Boden, während Dr. Lauf weiter ausführte.
„In hierarchischen Strukturen gibt es nun mal strikte Spielregeln. Die Alpha-Männchen und -Weibchen werden von den jeweiligen Thronanwärtern in Schutz genommen und hofiert. Das Letzte, was die wollen, ist Unordnung im System. Alle arbeiten konsequent in eine Richtung. In der Kulturszene ist das sicher nicht anderes. Vielleicht chaotischer, aber vom Prinzip her dasselbe. In ihrer Band wechselt die Chefposition ständig. Zufrieden damit ist scheinbar niemand. Aber es sorgt für Dynamik und Reibung. Für das Publikum ist es natürlich lustig, wenn sich die Akteure, angefeuert vom Applaus und Gejohle, aneinander reiben, bis die Funken fliegen. Das Rotationsprinzip ist ja eine schöne Idee. Es erfordert aber auch Disziplin und Vertrauen. Und wer verzichtet schon gern freiwillig auf den Thron, wenn er einmal oben angelangt ist? Sicher auch die ansonsten so freigeistigen Künstlerinnen und Künstler nicht. Da hört für viele der Spaß schnell auf."
Lauf nippte am Kaffee, stellte die Tasse wieder auf das Tischchen und sah Gump an.
Nach einer kurzen Pause sagte dieser:
„Reibung erzeugt *Saund*!"
Auf Dr. Laufs fragenden Gesichtsausdruck hin erklärte Gump:
„Weil Sie gerade von Dynamik und Reibung gesprochen haben. Reibung erzeugt *Saund,* Sand Im Dialekt ausgesprochen. Ein Wortspiel."

„Sie meinen damit auch das englische Wort Sound?"
Walter nickte. Danach entstand wieder eine kurze Pause, in die er eher zögerlich hineinredete:
„Wieso soll ich jetzt eigentlich nur mehr einmal alle zwei Monate zu Ihnen kommen?"
„Weil ich glaube, dass es an der Zeit ist, immer mehr zu reduzieren. Freuen Sie sich doch, Herr Gump. Wie lange kommen Sie nun schon zu mir?"
„So an die vier Jahre. Ich sehe das gar nimmer so als Therapie, sondern eher als Gespräch unter Freunden."
„Eben, die Dringlichkeit ist fast weg. Ich habe gewartet, ob von Ihnen der Vorschlag auf eine Reduktion der Stunden kommt, denn ich bräuchte Platz für andere. Es besteht leider großer Bedarf. Sie wirken etwas zerknirscht, Herr Gump."
„Ich weiß eh, und gespürt hab ich's auch, aber immer, wenn Frauen von mir Abstand nehmen, dann kriegt das so eine ungute persönliche Note."
„Das wird wohl leider so bleiben, Herr Gump, dass Sie das so empfinden. Aber mittlerweile wissen Sie auch, dass dieses Gefühl kaum mit Ihnen als Erwachsener zu tun hat. Dieses starke Gefühl wird von Ihrem mit großer Angst besetzten Kinder-Ich ausgelöst. Der neunjährige Walter, der zusammengekauert in einer Ecke hockt und niemandem vertraut. Nicht einmal sich selbst. Aber immer, wenn Ihr Kinder-Ich panisch wird, können Sie es beruhigen, indem Sie mit ihm reden. Das ist ein sehr gut funktionierender Trick."
„Habe ich eh schon öfter ausprobiert."
„Sagt Ihnen Adorno was? Von ihm stammt das Zitat, dass die fast unlösbare Aufgabe darin bestehe, sich weder von der Macht der anderen noch von der eigenen Ohnmacht dumm machen zu lassen."
„Muss ich mir merken!"
„Denken Sie vielleicht öfter an Ihre Großmutter, die Sie mir anfangs so begeistert beschrieben haben? Besuchen Sie deren Grab und reden Sie mit ihr. Bedanken Sie sich bei

ihr für die tollen Kinderjahre und das Grundvertrauen, von dem Sie heute noch zehren. Frischen Sie diese Erinnerung auf! Die Liebe dieser Frau war und ist für Sie enorm wichtig."

Während des Aufstiegs die fünf Stockwerke Richtung Wohnung hatte Gump das Bild der ihm seit Jahren regelmäßig gegenübersitzenden Frau Dr. Lauf im Kopf. Der Gedanke, dass er in absehbarer Zeit Wichtiges nicht mehr mit ihr besprechen würde können, bereitete ihm Unbehagen. Im zweiten Stock schon weniger. Im dritten war er überzeugt, dass die nächste Sitzung die letzte sein würde. Die 126 Stufen waren manchmal hilfreich, um öde Gedanken zu verscheuchen. Was ihn unten noch wütend machte, war, bis er vor der Wohnungstür stand, manchmal zur Gänze abgearbeitet. Die Gleichmäßigkeit der Bewegung hievte manchmal sogar gute Gedanken in den Vordergrund. Türe auf, hinein in den Schutzraum. Die zweite Haut. Wo niemand stören kann beim Sich-gut-fühlen.

Zwei nebeneinander liegende Innenhöfe gab es. Während heißes Wasser die Badewanne füllte, öffnete er das Fenster und blickte nach unten. Selten war jemand im Hof zu sehen, nur manchmal leerte jemand einen Mistkübel oder stellte sein Rad ab. Mitten im Innenhof stand ein riesiger Kirschbaum. Die Baumkrone war in Höhe von Gumps Wohnung. Von irgendwoher klang Schlagermusik. Eine Monika war betrogen worden. Sie solle aber den Kopf nicht hängen lassen, denn das bringe nichts. Einsamkeit wäre nichts Schönes, gehe aber vorbei. Die nächste Liebe warte.

Der Club in Madrid war gut gefüllt mit den Fans der spanischen Jazzband, dem Hauptakt des Abends. *XXX* absolvierte das Vorprogramm und ließ es krachen. Ein Teil des Publikums schien irritiert ob der unerwarteten Energie. Einige verließen den fast zur Gänze bestuhlten Saal.

Der Manager der Hauptband kam mehrmals zu M. V. Donner an das Mischpult und beschwerte sich über die Lautstärke. Mit Fortdauer des Konzertes gelang es *XXX*, ein paar Besucher zumindest zum Sitztanz zu bewegen. Pedro Sanches, der spanische Universal-A&R und Maria Vario, die Grande Dame der spanischen Jazzfestival-Booker, wie sie von Sanches vorgestellt worden war, beobachteten amüsiert die Situation.
Für das zweite Konzert am darauffolgenden Abend hatte Vario ein paar Kollegen eingeladen. Wenn die Band ähnlich energisch zu Werke ginge, wären weitere Gigs in Spanien sicher möglich, deutete sie an. Am zweiten Abend kamen an die achtzig Besucher. Unter ihnen eine Gruppe deutscher Studentinnen. Die sprangen nach dem dritten Stück von den Sesseln hoch, machten Wirbel und rissen einen Teil des Publikums mit. Sanches und Vario, die wieder seitlich der Bühne standen, lächelten zufrieden. Gleich nach Konzertende kamen beide, begleitet von zwei Männern, backstage und verkündeten, dass nächstes Jahr mit Konzerten in spanischen Metropolen zu rechnen sei.

Nach dem TV-Beitrag stiegen die Gagen. Für Firmenfeiern und Preisverleihungen wurde die Band vermehrt gebucht. Da die Musik nicht auf eine gewisse Szene zugeschnitten war, konnte eine große Bandbreite abgedeckt werden. Der ursprüngliche Plan, Unterhaltungscombo mit Anspruch, schien aufzugehen.

6 | **Transit**

Die U4 wirbelte den trockenen Schnee in alle Richtungen. Am Betonrand war der Wienfluss teilweise gefroren. Die Linke Wienzeile hatte trotz der Räumfahrzeuge eine Schneedecke. Gump presste seine Beine an den warmen Heizkörper und betrachtete die Winterlandschaft.
„Komm ans Fenster und schau dir das an", hätte er gerne zu einer Frau gesagt. Aber ab einer gewissen Nähe nahm er immer Reißaus. Wie soll zusammen wohnen mit einem weiblichen Wesen funktionieren, fragte er sich.

24. Dezember, später Samstagnachmittag. Viele Bewohner hatten die Stadt verlassen. Gump verriegelte die Tür und startete ein nicht ganz freiwilliges Experiment: Ihm, dem agnostischen Atheisten, wie er sich selbst bezeichnete, müsste es doch locker gelingen, den sogenannten Heiligen Abend als ganz normalen Abend zu betrachten. Sentimentalität und die Tatsache, dass der 24. diesmal auf einen Samstag fiel hin oder her. Als Kind war Weihnachten natürlich super. Besonders der Morgen danach. Während die Anderen noch schlafen, im Wohnzimmer sein. Neue Spielsachen und der Duft des Weihnachtsbaums, der Windringerl und Sternspritzer.
Mit „Ich bin aus der Kirche ausgetreten und habe somit nichts mehr mit dem heiligen Schmafu zu tun!" wollte Walter die Kindheitserinnerungen verscheuchen.
Je länger dieser Samstag andauerte, desto größer wurde sein Bedürfnis nach Gesellschaft. Immer wieder stellte er sich ans Fenster und starrte auf die gegenüberliegenden Häuser. Die meisten Wohnungen waren unbeleuchtet. In einigen blinkten einsame Lichterketten. Um zu überprüfen, welche Lokale offen haben, blätterte er die Programmzeitschrift durch. Eigentlich eh viele, stellte er fest. Aber anziehen, durch das Schneetreiben latschen, sich an eine Bar setzen und solidarisch mit anderen Festverweigerern sein?

Sich mit ihnen über den Weihnachtsbrauch lustig machen? Sachen sagen wie „Haben den Christbaum nicht eh die Nazis erfunden?" Nein! Er gönnte sich Hausarrest bis Silvester. Keine Telefonate. Keine Mails. Vielleicht nicht mal Internet. Fernsehen schon.
Walter knozte auf der Couch. Der schon im Herbst angekündigte Fernseh-Dreiteiler *Die Patriarchin* mit Iris Berben lief. „Die ist um zehn Jahre älter als ich. Unglaublich wie gut die ausschaut", dachte er. Er schaltete trotzdem um. *Licht ins Dunkel*. Umschalten. *Weihnachten auf Gut Aiderbichl*. Umschalten. *Tiroler Weihnachtszauber mit Hansi Hinterseer*. Abschalten. Die Laune verschlechterte sich. Er ließ heißes Wasser in die Badewanne laufen. Nach dem entspannenden Bad ging er die Taschenkalender-Aufzeichnungen des zu Ende gehenden Jahres durch. Fast nur Termine, kaum Privates. Er überflog die Monate und kommentierte, wenn sein Blick an einem Eintrag hängen blieb.
15. Mai: „Trennung von Dana ... auch schon wieder ein halbes Jahr her... diese depperte Funzen."
24. Juli: „Dem Buschdoktor ist nichts zu blöd! Drei Akkorde hintereinander hängen und behaupten, er hätte was komponiert. Dieser von Ehrgeiz zerfressene Idiot!"
28. September: „Karla hat mich überraschenderweise besucht..."
Er legte den Kalender beiseite und stellte sich abermals an ein Fenster. Diesmal hofseitig. Hier waren von den ca. vierzig Wohnungen des gegenüberliegenden Häuserblocks ungefähr zehn beleuchtet. Er öffnete das Fenster, zu hören war nichts. Walter schloss das Fenster und legte seine Hände auf den lauwarmen Heizkörper. Dann schlich er wieder durch die Wohnung. Das einzige, was zu hören war, war das Knarzen des alten Holzbodens. Beim Radio blieb er stehen und schaltete es ein. Patti Smith sang *People have the power*. Gump erinnerte sich, dass er irgendwann kurz vor Silvester 78 oder 79 im Radio das erste Mal einen Patti-Smith-Song

hörte, und zwar *Because the Night*. Das Lied brachte ihn damals fast zum Heulen. Obwohl er nur die Hälfte des Textes verstanden hatte, reichte das, um eine unerwartete melancholische Entladung zu starten. Er ging zum Plattenregal und suchte die Patti-Smith-Alben durch. Auf *Easter* wurde er fündig. Er legte die Vinylscheibe auf den Plattenspieler, startete den Motor und traf genau die Pausenrille zwischen Stück zwei und drei auf der A-Seite. *Take me now baby, here as I am. Pull me close, try and understand…* Weinen sei nicht so anstrengend wie zornig sein, und es sei auch reinigend. Dr. Lauf hatte ihm das mehrmals empfohlen. Na ja, wenn keiner zuschaut.

…the way I feel when I'm in your hands. Take my hand come undercover. They can't hurt you now, can't hurt you now, can't hurt you noooooooooow! Because the night belongs to lovers…

Er sang mit und wartete auf eine Gefühlsregung, aber auch in die melancholische Richtung ging nichts weiter an diesem Weihnachtsabend. Aber dieser Niemand-will-mich-Matsch im Hirn verschwand einfach nicht ganz. Er schaltete den Plattenspieler ab, legte sich auf die Couch. In Gedanken besuchte er eine Bar, betrank sich und haute dem erstbesten Idioten eine aufs Maul. Der Brustkorb verengte sich und er begann mit sich selbst zu reden:

„Nur keine Panik, nur keine Panik, es ist alles gut. Nur keine Panik, nur keine Panik, es ist alles gut. Ich glaube an die Liebe. Das ist meine Religion."

Nach etwa einer Stunde wurde ihm kalt und er bekam Hunger. Nach dem Vollbad hatte er vergessen, die Therme wieder auf den Heizmodus umzustellen. Aber aufzustehen, die Heizung einzuschalten und sich etwas zum Essen aus dem Kühlschrank zu holen, wäre zu einfach, eine alberne Ablenkung vom existenzialistischen Künstler-Dasein. Und so blieb Walter Gump liegen, um sich weiterhin zu bestrafen.

26.12., 19.30. Der Nachrichtenmoderator vermeldete:
„Heute gab es im Zuge eines starken Seebebens im Indischen Ozean einen gewaltigen Tsunami, der wahrscheinlich mehr als 100 000 Menschen das Leben gekostet hat…"
Walter sah mit Handys und Überwachungskameras gefilmte Urlaubsparadiese, über die das Inferno hereinbrach. Ganze Familien wurden von den Wassermassen mitgerissen. Vom Strand weggespült. Vom Paradies in die Hölle, innerhalb weniger Sekunden. Dieses Ereignis ließ ihm seine freiwillige Gefängnissituation absolut lächerlich erscheinen. Unruhig wanderte er vom Wohnzimmer ins Schlafzimmer, weiter in die Küche und über den Vorraum wieder ins Wohnzimmer. Plötzlich läutete das Handy, das am Wohnzimmertisch lag. Exakt zu dem Zeitpunkt, als er daran vorbeikam. Karla war am anderen Ende:
„Hi, Walter, ist das nicht ein Wahnsinn! So ein Unglück! Ein paar Bekannte von mir sind da in der Gegend! Voll arg, hab noch nichts von denen gehört… Wie geht's dir? Alles gut? Komm doch vorbei! Ich hätte da ein kleines Geschenk… Ach, komm einfach mal!"
Gump rannte die Stockwerke hinunter und stapfte durch den Schnee Richtung Karlas Wohnung. Es war so kalt, dass jeder Schritt ein knirschendes Geräusch verursachte. Sie schenkte ihm ein David-Bowie-Songbook. Dann sah sie Gump mit ernster Miene an und sagte:
„Ich will ein Kind von dir!"
„Was?"
„Ich will schwanger werden und benötige Sperma. Deins wäre mir am liebsten. Ich bitte dich um eine Samenspende, sozusagen."
„Also, jetzt ganz langsam! Du willst mein Sperma? Und wie soll das funktionieren? Also rein technisch? Mittels Beischlafs?"
„Lieber Gump, ich weiß, das klingt alles sehr merkwürdig, aber ich bin Ende Dreißig und lesbisch und will ein Kind.

Ich und meine Partnerin haben uns das lange überlegt. Es müsste natürlich ohne Penetration vonstatten gehen. Sollte ich tatsächlich schwanger werden, würde es für dich keine weiteren Verpflichtungen geben. Weder emotional noch finanziell. Du kannst dich mit dem Kind beschäftigen oder auch nicht. Ob wir später dem Kind sagen, wer der Vater ist, hängt auch von dir ab. Wenn du willst, kann ich dir das alles auch schriftlich geben."
„Ich glaub', ich muss drüber nachdenken. Und wieso eigentlich ich?"
„Weil du so ein g'rader Michl bist, Walter, und nicht so viel blödes Zeugs laberst wie viele andere."

Die nächsten Tage verbrachte er mit dem Songbook und der Gitarre.
And I'm floating in a most peculiar way…
Je mehr Gump über die Angelegenheit nachdachte, desto weniger verrückt und abgehoben kam ihm Karlas Bitte vor. Viele hätte sie fragen können, ihn hatte sie ausgesucht.
Let's dance - for fear - your grace - should fall.
Er entschloss sich zur Samenspende.

Mit einem Gefühl, als müsste er zu einer Prüfung antreten, kam Walter in Karlas geräumige Altbauwohnung im 7. Bezirk. Er hatte darauf bestanden, mit Karla alleine zu sein.
„Locker bleiben, Gump! Es passiert ja nichts Schlimmes! Komm, setzen wir uns ins Wohnzimmer", sagte Karla und ging voraus.
„Magst du ein Glas Rotwein?"
„Och jo, kann ned schaden…"
„Cheers."
„Cheers."
„Wie geht's deinen Schwestern?"
„Manu ist voll verknallt in diesen Schreivogel und Kabul sehe ich eigentlich kaum. Geht ihr aber auch ganz gut,

glaub' ich. Die hat sich ganz schön aufgeregt, weil du die Heiratsgeschichte Otto Schonung erzählt hast. Dabei hat sie das eh auch herumposaunt."
„Aha. Seit wann bist du eigentlich lesbisch. Ich habe gedacht, du bist bi?"
„Früher hab' ich mich auch für Männer interessiert, aber jetzt nicht mehr."
„Aber so ganz ohne geht es auch nicht."
„Sollte das mit der Schwangerschaft funktionieren, bitte ich dich um absolutes Stillschweigen. Das heißt nicht, dass das für immer so sein muss, aber vorerst."
„Ok, aber ich kann mir aussuchen, also später, ob ich mich als Vater deklarieren will?"
„Ja, ist so abgemacht!"
„Ok! Hast du eigentlich was, also wegen der Stimmung, weißt schon, einen Porno oder so?"
„Nein mein Lieber, mit Porno wird da gar nichts gemacht. Fantasie, Gump!"
„Soll ich mir vorstellen, wie es wäre, mit dir Sex zu haben?"
„Wenn's dir hilft. Wenn du soweit bist, verlasse ich die Wohnung und warte unten. Wenn du fertig bist, komm ich sofort wieder rauf."
Karla gab Gump ein Glas und Servietten.
„Das Backrohr hab' ich ganz leicht vorgewärmt. Stell das Glas bitte rein. Viel Spaß!"
Sie verließ die Wohnung und Gump machte sich an die Arbeit. Während er sich massierte, dachte er an Sex mit Marie und wünschte sich ein Mädchen. Wie besprochen stellte er das Glas in das Backrohr und rief Karla an. Sie eilte zurück in die Wohnung und verschwand mit dem Glas im Bad.
„Unbefleckte Empfängnis", sagte Gump, als sie wieder ins Wohnzimmer zurückkehrte.

Schwungvoll betrat Walter Gump den Vorraum, in dem gerade ein junger Mann in seine Jacke schlüpfte.

„Guten Tag!", grüßte Gump etwas zu laut. Kurze Zeit später kam Dr. Lauf in den Vorraum und meinte, dass er in der Praxis Platz nehmen könne, während sie sich Kaffee holte. Das alte Ritual. Gump überlegte, ob er von der Samenspende berichten sollte. Nachdem Dr. Lauf die Tasse auf den Beistelltisch gestellt, sich hingesetzt und die Beine übereinandergeschlagen hatte, fragte sie, was sie meistens fragte:
„Was gibt es Neues, Herr Gump?"
„Ich glaub', das ist jetzt die letzte Sitzung. Ab jetzt muss es ohne Therapie weitergehen!"
„Freut mich zu hören, dass Sie diesen Entschluss gefasst haben. Das wird sicher gut gehen, Sie haben große Fortschritte gemacht."
„Die Entgiftung hat tatsächlich funktioniert, wie's ausschaut. Und danke für den Trick mit der Oma und dem Kinder-Ich. Vielleicht bin ich sogar schön langsam wieder reif für eine Beziehung!"
„Entgiftung nennen Sie das? Das ist ja interessant! So hab' ich das noch nie gesehen."
„Jeder trägt Gift mit sich herum. Bei mir war's halt schon ein wenig viel. Die Dosis macht das Gift, wie's so schön heißt."
Lauf und Gump standen auf und gaben einander zum Abschied die Hand.
Nachdem er die Praxis verlassen hatte, schlenderte er durch den neunten Bezirk. Er ging nicht wie sonst direkt Richtung U-Bahn, sondern wanderte ziellos durchs Servitenviertel. An der Kreuzung Porzellangasse - Berggasse blieb er stehen und wunderte sich, dass dort in Kürze ein Penny-Markt eröffnet werden sollte, wo es doch in der unmittelbaren Umgebung einen Billa, einen Spar und den Hofer gab. Als er das aktuelle Hofer-Werbeplakat auf Brauchbares untersuchte, brummte das Handy. Gump kramte das Telefon aus der Hosentasche und las die SMS: *Es hat geklappt! Gratuliere, du wirst Vater!*

Der *Luxus*-Geschäftsführer drehte auf.
„Burschen, der Stress hat sich ausgezahlt! Der ORF hat sich angemeldet und wir sind fast ausverkauft!"
Die Band war gerade im Club angekommen. Das *Luxus* hatte in der Szene etwas an Credibility einbüßen müssen. An den Wochenenden wurden fast nur mehr DJs gebucht. Das verursachte kaum einen technischen Aufwand im Vergleich zu einer Band, und die Jugendlichen kamen sowieso. Indie-Ballermann wurde der Club mittlerweile genannt. Eine Stunde vor Konzertbeginn war das Lokal gut gefüllt. Im Backstage-Bereich tummelten sich Menschen, die Walter Gump größtenteils nicht kannte, die ihn aber trotzdem überschwänglich begrüßten. Einer war bei Gump stehen geblieben. Ein langer, hagerer Typ, der in einem Siebziger-Jahre-Anzug steckte. Gelbes Rüschenhemd, beige Schlaghose. Eine Art weiße Ausgabe von Snoop Dog, dachte sich Gump, während der auf ihn einredete:
„Das Zeug, Alter, das ihr spielt, ist das Schärfste, was ich seit langem gehört hab… Damn crazy funky shit, man. Ich kenn' übrigens den Manager von den Temptations… Komm mal in unseren Proberaum!"
„Wohnt der da?"
„Natürlich nicht, hahaha! Willst du was rauchen? Oder was anderes?"

Kurz vor dem Auftritt kam das angekündigte ORF-Team und interviewte die Band. Busch und Troll erzählten, wie es zu diesem hart erarbeiteten Erfolg kommen konnte. Glamur schnitt Grimassen und Gump grinste blöd in die Kamera. Beide hatten ein paarmal an Snoop Dogs Joint gezogen.
Der Konzertbeginn war etwas übermotiviert und dadurch nicht gerade einladend fürs Publikum. Erst G.O.G. brachte Band und Besucher näher. Die Leute johlten, als sie zu singen anfing. Nach ihr war Lou West an der Reihe. Da West am selben Abend noch irgendwo einen Termin hatte, war

er erst kurz vor seinem Auftritt im Club aufgetaucht. Weißer Anzug, weißer Hut. Eleganz pur, aber vom Text keine Spur, ärgerte sich Gump, als dieser ihn mit einem breiten Grinsen „Heast Oida, kaunst du mir mein Einsatz anzeigen?" fragte. West rettete sich mit gekonnt vorgetragenen Sinatra-Phrasierungen. Dem Publikum war es egal.

Neue Platte. Konzerte auf großen Festivals im In- und Ausland. London und Barcelona waren fixiert. Die Grüne Partei engagierte *XXX* abermals für die Wahlparty. Die Gagen stiegen. Redakteure und Veranstalter meldeten sich von selbst. Zu den richtigen Zeiten an den richtigen Orten. Das löste Glücksgefühle von einer Intensität in ihm aus, die Gump so nicht kannte. Er rannte die Stufen rauf und runter. Summte Melodien. Bestrafte Missmutige mit Freundlichkeit in der U-Bahn.
Sogar einen Zahnarzt hatte er aufgesucht und sich zwei Stiftzähne einbauen lassen. Karlas Bauch hatte mittlerweile die Größe eines Fußballs. So oft Gump durfte, besuchte er die schwangere Frau. Karlas Freundin war von der regen Anteilnahme immer weniger begeistert und fragte Gump, ob er schon mal einen Aidstest habe machen lassen. Gump bejahte, was gelogen war, und meldete sich zu einem an.

Festivalgelände Wiesen/Burgenland. Backstage.
Längs der Rückseite der Bühne standen aufgefädelt vier alte Eisenbahn-Waggons. Roisin Murphy kam aus ihrem Abteil und sah aus, als wäre sie einem Sechziger-Jahre-Film entsprungen. Sie trug außer einem seidenen Morgenmantel, der metallisch blau schimmerte, weiße Schlapfen mit roten Puscheln und bunte Lockenwickler. Sie öffnete den Schrank, der vor ihrem Abteil abgestellt war, zündete sich eine Zigarette an und suchte Kleider für die Show aus. Murphy war der Hauptact des Abends. *XXX* spielten als vorletzte Band. Gump beobachtete das Treiben im Backstage-Bereich mit

einem Mona-Lisa-artigen Gesichtsausdruck. Er freute sich auf den Auftritt. Statt Lampenfieber musste er nun ständig gähnen.

Baskenland.
Zwei Konzerte und anschließend eine Woche Urlaub in San Sebastian. Das Hotel, in dem die Band untergebracht war, war gleichzeitig das Hauptquartier des Festivals. Von seinem Zimmer aus telefonierte Walter mit Karla. Erste Bewegungen hätte sie im Bauch gespürt. Er erzählte stolz von einer Pressekonferenz.
Nach dem Soundcheck auf der Strandbühne stand Gump neben dem Mischpult und beobachtete die Strandbesucher. Es roch nach Dope und ein junger Schweizer bot ihm etwas an, als er sich fragend umschaute. Mit seiner Schwester wäre er unterwegs, wie der blond gelockte Jüngling in schönstem Schwyzerdütsch berichtete. Trotz Kreditkarten hätten sie auch unter Brücken geschlafen. Nach dem Konzert solle Gump doch zu ihnen kommen, denn da wären ein paar nette Leute mit Gitarre und Tamtams, Wein und Dope… alles was man halt brauche, um eine gute Zeit zu haben.
Am Bühnenaufgang warteten die Bandkollegen. Er stellte sich vor Kollegen Busch und sang *Schön ist es auf der Welt zu sein, sagt der Igel zu dem Stachelschwein. Ich und du und du und ich. Schön ist es auf der Welt zu sein.*
Busch war irritiert und wusste nicht, wie er reagieren sollte.

Der Platz in San Sebastian, an dem das Abschlusskonzert stattfand, war fast zur Gänze bestuhlt. Zwischen Bühne und erster Sitzreihe war ein größerer Abstand. Nach jedem Stück klatschten die Sitzenden höflich. Zwischen den älteren Ehrengästen saß auch junges Publikum. Es dauerte nicht lange und einige begannen im Takt der Musik auf ihren Sesseln hin und her zu wackeln. Vor der Bühne stand Security.

Die hatten Witterung aufgenommen und blickten finster. Es lag etwas in der Luft. Ab der Hälfte des Konzertes versuchten einige den Platz zwischen Bühne und erster Sitzreihe zu erobern. Die ersten Versuche wurden von den Securities unterbunden. Höflich, aber bestimmt. Das Ganze hatte etwas von einer einstudierten Performance. Vom Strand her drängten immer mehr Leute Richtung Bühne. Glamur forderte die Sitzenden auf, doch endlich aufzustehen. Und urplötzlich brach eine Lawine los. Innerhalb kürzester Zeit war der Platz vor der Bühne voller Tanzender. Die Securities verzogen sich an den Rand. Als Gump die Menschen auf sich zu rennen sah, wich er zurück und drehte den Verstärker lauter. Die Überschrift am nächsten Tag in *El Mundo*, einer baskischen Tageszeitung: *XXX aus Wien verwandelte den Platz vor dem Kursaal in einen Ballsaal.*

„Du riechst wie ein totes Tier!", sagte Troll, der am Steuer saß. Gump hatte sich eine Lederjacke gekauft.
„Echt Leder! Armani. 900 Euro, hahaha...".
„Oida!", meinte Troll und schluckte den Rauch seiner Zigarette. Im zweiten Wagen, der folgte, saßen Busch und Glamur. Beide Autos waren mit Musikinstrumenten vollgestopft. Abermals Klausur im Waldviertel.

Gump wanderte über die Wiese, die sich neben dem Wochenendhaus befand. Die Sonne war gerade untergegangen. Er stellte den Kragen hoch, zündete sich eine Zigarette an und überlegte, ob er mit dem Rauchen aufhören solle. Täglich bis zu zwei Packerl. 200 Euro im Monat. Im Jahr über 2000! Während er sich darüber und über sich selbst ärgerte, beobachtete er, wie Glamur in die Holzhütte eilte und mit einer Schachtel voller Brennholz, das Gump am Vormittag kleingehackt hatte, wieder im Haus verschwand.
Als Gump zurückgekehrt war, spielten die Kollegen Scrabble. Im Ofen knisterte es. Am Herd dampfte eine Suppe.

Er setzte sich und beobachtete das Spiel. Busch sollte mit dem Anfangsbuchstaben A ein Wort bilden.
„Aidstest", schlug Gump vor. Keine Reaktion.
„Hat einer von euch schon mal einen Aidstest machen lassen? Ich schon! Negativ!"
„Hab' seit Jahren keinen Sex mehr", sagte Busch. Glamur und Troll lachten.

Gump verzog sich ins Wohnzimmer. Antennenanschluss gab es keinen, aber einen DVD-Player und eine stattliche DVD-Sammlung. *Some Kind of Monster* befand sich noch im Player. Gump hatte die Metallica-Doku mitgenommen, um sie gemeinsam mit den Kollegen anzuschauen. Die von Metallica hätten einen totalen Vogel und Lars Ulrich wäre eine Schande für seine Zunft, hatte Busch gemeint, bevor er aufstand und ging. Troll und Glamur folgten.

Gump durchsuchte die DVD-Sammlung, kannte aber die meisten Filme. Er lehnte sich zurück. Hirnkino. Karla spielt mit einem Mädchen. „Schau, da kommt der Papa", sagt Karla, das Mädchen streckt die Arme aus und läuft auf Gump zu.
„Alzheimer! Fünfzehn Punkte!", jubelte Busch in der Küche. Jetzt musste Gump an Gerda denken. Bei ihr war Alzheimer diagnostiziert worden. Neuer Film. Mittels einer Rigips-Wand teilte Gump Senior das Wohnzimmer des Siedlungshauses wieder in zwei kleine Räume. Schlafzimmer und Wohnküche. Gerda schaffte die Stufen in den ersten Stock nicht mehr.
„Kum schbüh mit, Walter!", schrie Glamur.
„Wie wäre es mit Musik? Faule Säcke! Wir brauchen dringend neue Stücke!", antwortete Gump.

In Trolls Wohnung war die Stimmung angespannt. Gump und Troll redeten über die Situation in der Band. Die spanische Bookerin hatte sich länger nicht mehr gemeldet.

„Das letzte Konzert in Madrid war auch ziemlich Scheiße! Wir brauchen dringend ein neues Programm. Immer nur die alten Nummern herunternudeln, bringt's auf Dauer überhaupt nicht, bei der Klausur haben wir ned vü weidabrochd!", resümierte Gump missmutig.
„Ja eh, und deine Streitereien mit'n Busch sind auch nicht gerade förderlich", merkte Troll an.
„Ich kann da nix dafür, er ist das Arschloch, er provoziert andauernd, die dumme Egosau!"
Gump wurde zornig. Mit am Tisch saß, Zeitung lesend, Trolls Frau. Sie legte die Zeitung beiseite und erklärte, dass Firmen, bei denen es in der Führungsetage zwischenmenschliche Probleme gibt, manchmal einen Mediator beauftragen, um die Kontrahenten im Beisein eines Coaches streiten zu lassen. Sie selbst hätte das schon einmal machen müssen. Angenehm sei es nicht, geholfen habe es aber. Ein Versuch würde sich auf jeden Fall lohnen. *XXX* wäre ja keine Hobbyband.
„He, so was wollt ich eh schon vorschlagen, durchs Reden kommen d'Leut zamm, heißt's immer, nicht? Meine Panikattacken hat die Gesprächstherapie jedenfalls beseitigt!", erklärte Gump und klopfte mit der flachen Hand auf den Küchentisch.
„Ok, ich leite das in die Wege. Ich kümmere mich darum. Eine Bekannte von mir kennt sich da eh aus", sagte Troll und zündete sich eine Zigarette an, obwohl gerade eine im Aschenbecher vor sich hin glühte.

Wochen später hatte Gump noch immer nichts Genaueres bezüglich eines Mediatoren-Gespräches gehört und griff zum Telefon. Troll räusperte sich und sagte:
„Also, wir sind von der Idee wieder abgekommen. Wir finden, dass es innerhalb der Band nicht so schlimm ist, wie du immer tust. Das heißt, die Mehrheit ist dagegen."
„Was soll das? Hast du nicht gesagt, du kümmerst dich darum? Frag doch bei deiner Frau nach, wenn du es vergessen

hast!", beschwerte sich Gump zornig.
„He, beruhig dich! Demokratie ist oft ein Hund, wenn's Ergebnis nicht das richtige ist... Aber das wird schon wieder! Übrigens, in einem Monat können wir ein Konzert in Landeck spielen. Dann bereden wir das."

Am Morgen nach dem Gig in Landeck kam Gump etwas später in den Frühstücksraum der Pension. Die Kollegen und der Tontechniker waren schon abfahrbereit. Gump war das nur recht. Er reiste mit dem Zug und hatte ein Rückfahrticket. Der Rest der Band war mit einem Leihauto unterwegs. Auf dem Tisch lag neben der unbenützten Kaffeetasse Geld. Gumps Gage. Er zählte und kam auf siebzig Euro irgendwas.
„Das ist zu wenig!"
„Nönö, das stimmt schon", entgegnete Busch betont ruhig und überreichte Gump einen Zettel, auf dem zusammengezählt und dividiert worden war. Gump starrte auf die Zahlen und knurrte:
„Das Fahrtgeld kann nicht stimmen? Wieso plötzlich so viel für ein Auto? Und meine Zugtickets sind nicht einberechnet!"
„Das Fahrtgeld haben wir aktualisiert. Alles wird teurer. Und deswegen müssen wir sparen, deine Exrtawürstel kannst du dir selber bezahlen. Im Auto wäre noch Platz gewesen", erklärte Busch.

Während der Rückreise telefonierte Walter mit Karla. Sie riet ihm, aus der Band auszusteigen. Nach einer Woche Bedenkzeit kündigte Walter Gump seinen Kollegen den Bandaustritt per E-Mail an:
leider ist es mir nicht mehr möglich, unter diesen umständen weiter musik mit euch zu machen. ich trete aus der band aus. ein abschlusskonzert spiele ich noch, das auf der midem in cannes.

Alle paar Minuten wurde die bedächtige Stimmung im vollen Warteraum vor dem Boarding Gate Nummer 6 durch das Dröhnen startender und landender Flugzeuge unterbrochen. Walter glotzte in Daniel Kehlmanns Bestseller *Die Vermessung der Welt*. Karla hatte ihm das Buch mitgegeben. Es sei lustig, eine gute Ablenkung vielleicht. Gump konnte immer nur ein paar Wörter sinnerfassend lesen.

Man denke, man bestimme sein Dasein selbst. Man erschaffe und entdecke, erwerbe Güter, finde Mens c h e n ... gleich geht's los, vielleicht sollte er noch auf's Klo... m a n denke, man bestimme sein D a s e i n ...

„Passagier Walter Gump, bitte kommen Sie zum nächsten Informationsschalter. Ich wiederhole, Passagier Walter Gump, bitte kommen Sie zum nächsten Informationsschalter!"

Als Gump kapierte, dass er gemeint war, sprang er hoch, eilte zur rot gekleideten Dame am Check-In-Schalter und fragte, was denn los sei. Ihre Fingernägel tanzten über die Computertastatur, anschließend führte sie ein Telefonat.

„Das Flugzeug ist überbucht. Wir müssen Sie upgraden, Herr Gump, Sie bekommen einen Sitz in der Premium-Economy-Class!", sagte sie lächelnd. Ihre Lippen, die Fingernägel und die Uniform, alles hatte exakt denselben Farbton. Gump setzte sich und wollte aufs Neue mit dem Satz in Kehlmanns Buch beginnen, als er eine laute Männerstimme vernahm, die *Mein Gott, Walter* sagte. Die Bandkollegen und M.V. Donner standen beim Kaffeeautomaten. Als sie Gump bemerkten, kamen Glamur und Donner auf ihn zu. Während sich Glamur nach der Begrüßung wieder zu Troll und Busch gesellte, die immer noch beim Kaffeeautomaten standen, blieb Donner. Er wollte wissen, was es mit diesem Passagieraufruf auf sich hatte. Walter erzählte ihm die Upgrade-Geschichte, beide lachten. Gump etwas lauter und länger als geplant.

Midem. Cannes. Im Keller des Filmfestival-Gebäudes waren die Stände der Musikvermarkter aufgebaut. Vor dem Eingang bekamen die Teilnehmer der Musikmesse den Festival-Badge und die Informationen. Das *XXX*-Konzert war für halb Zehn am Abend im *Hotel Majestic* angesetzt. Gleich im Anschluss gingen Band und Tontechniker in besagtes Hotel. Die Instrumente wurden in die Garderobe gebracht und das bestellte Equipment gecheckt. Das *Majestic* war voller altmodischer Ölgemälde, Kronleuchter und riesiger Spiegel. Roter Samt zierte Gänge und den Raum, der als Garderobe diente.

„Ein guter und würdiger Platz für ein Abschlusskonzert, Mr. Artist!", sagte Gump zu seinem Spiegelbild im Lift. Da der Soundcheck erst drei Stunden später anberaumt war, peilte er den Strand an. Vom Meer her wehte ein starker, würziger Wind. Die rechte Hand, die in der Jacke steckte, umklammerte das Handy. Ein paar Liegestühle des Strandabschnittes für *Majestic*-Gäste waren aufgestellt. Gump setzte sich in einen der ersten Reihe. Eine Welle nach der anderen schaufelte Sand und Muschelteile an den Strand.

„Reibung erzeugt Sound. Nichts bleibt gleich. Alles wird zerrieben. Eine Vorstellung gleicht nie der anderen, hat der Simonischek gesagt… heute ist die letzte… die Bühne ist eh nicht unbedingt der Platz für mich … also irgendwie manchmal schon, aber nicht mit diesen Typen. Scheiß drauf, im Grund ist das eh immer das Gleiche. Die Wiederholung der Wiederholung. Alter zäher Mürbteig. Zum Picken bleiben. Busch aufs Maul hauen. Scheiße."

Als es eine Welle fast bis zu seinen Füßen schaffte, stand er auf und wanderte in Richtung des neuen Hafens am östlichen Rand der Stadt. Hier lagen riesige Jachten. Auf einer befand sich ein Mini-Helikopter. Der Wind wurde stärker und es begann zu nieseln. Am Rückweg kam er bei einer Familie vorbei. Zwei Buben flüchteten quietschend vor den anstürmenden Wellen. Ein paar Polsterungen flogen Richtung Croisette.

Gump begann sich umzuziehen. Hemd, Krawatte, Anzug. Er nahm ein *Bounty* aus der Schale mit den Süßigkeiten und kaute lange an den Kokosnussstückchen. Anschließend stellte er sich an den Bühneneingang und versuchte mit der Zunge die Kokosnussreste aus den Zahnzwischenräumen zu fummeln. Die Stimmung im Zuschauerraum war gedämpft, wie vor einem Theaterstück. Mit der Faust trommelte Gump ein paarmal gegen seinen Brustkorb. Als die anderen am Bühneneingang auftauchten, betrat er als erster die Bühne, ging zum Verstärker, schaltete von Standby auf On, nahm die Gitarre, hängte sie um, holte ein Plektron aus der Hosentasche und schlug einen Akkord an. E-Dur wie immer. Zum Test, ob Töne aus dem Gitarrenverstärker kommen. Ein kurzes *Mmmh* ins Mikro, Tonmeister M.V. Donner zeigte den Daumen, alles ok, es konnte losgehen. Der Autopilot trug Gump souverän durch dieses Konzert. Gegen Ende forderte er das Publikum auf, sich zu erheben und die Holzklappsessel zu zertrümmern. Als Gump *Please stand up and destroy your chairs!* sagte, schauten ihn die Besucher, die teilweise schicke Abendkleidung trugen, erstaunt an. Einige lächelten. Während des letzten Stückes hörte er zu spielen auf, ging an den Bühnenrand und beobachtete die restlichen drei bei der Arbeit.
Während die Musik ausklang, verkündete er: „Ladies and gentlemen, artist Walter Gump has just left the building!"

„Wie geht's dir?", fragte Karla.
„Kommt drauf an, womit ich mich gerade beschäftigen muss", antwortete Walter und legte seine Hand auf Karlas Bauch.
„Manchmal muss man etwas geben, um etwas zu bekommen… Yin und Yang und so. Hast du übrigens die Heilerin kontaktiert?"
„Nein, Kapitulation ist halt Scheiße… Gewinnen fühlt sich schon besser an! Bin halt eher Amerikaner als Chinese!"

Karla lächelte und entfernte Walters Hand von ihrem Bauch. „Ganz schön aktiv ist sie heute, was?"
„Wieso sie?", fragte Walter.
„Wunschdenken."

Der alte Gump hatte angerufen und erzählt, dass Gerda viele Tabletten schlucken müsse. Dadurch würde es ihr aber wieder besser gehen. Zweimal pro Woche komme eine Pflegehilfe und diese Zeit nütze er für Einkäufe, Spaziergänge und Friedhofsbesuche. Er wäre gerade am Familiengrab.

„Pressen!", befahlen Arzt und Hebamme, und Karla tat es geräuschvoll. Angesichts einer Geburt sei alles andere lächerlich, meinte Karlas Freundin, die dem Schauspiel beiwohnte. Sie saß am Kopfende des Bettes, nahm Karlas Hand und musste bei jedem Pressvorgang einen starken Gegendruck erzeugen, sonst hätte Karla ihr sämtliche Handknochen zermalmt.
„Und jetzt noch einmal pressen!", schrie der Arzt, um Karla zu übertönen. Die Hebamme drückte mit beiden Händen auf den Bauch und plötzlich zog der Gynäkologe, als wäre es ein Zaubertrick, ein Baby aus Karla. Die Mutter begleitete das Finale mit einem orgiastischen Stöhnen.
Die Hebamme nabelte den Säugling ab, packte ihn in ein Tuch und machte sich auf den Weg in das Wartezimmer, in dem Gump wie verabredet saß. Hinter der Hebamme betrat Karlas Lebensgefährtin den Raum. Der Arzt würde, während sie das Baby reinigen, Karlas Geburtsverletzungen versorgen, alles sei gut, keine Sorge, erklärte die Hebamme. Nach der Reinigung übergab sie Gump das Neugeborene und verließ das Zimmer. Nun war es kurze Zeit still.

„Ich werde mich als Vater deklarieren und euch so wenig wie möglich stören. Ihr drei seid die Planeten, und ich bin der Mond, der nur ab und zu vorbeischaut. Eine gewisse

Distanz ist mir nur recht. Du kannst natürlich sagen, dass ich es mir leicht mache. Aber glaub' mir, alles was möglich ist, stell' ich zur Verfügung", versprach Walter Gump, überreichte den Säugling und verließ das Krankenhaus.

Spezieller Dank des Autors geht an
Barbara Brunmair, Michaela Fuchs, Stefan Zweimüller, Johannes Luxner und Wolfgang Pollanz.

Dieses Buchprojekt wurde gefördert von:

Das Land Steiermark
→ Kultur, Europa, Sport

Bundesministerium
Kunst, Kultur,
öffentlicher Dienst und Sport